W0470609

HERZKLOPFEN IM SCHNEE

EMMA S. ROSE

Frohe Weihnachten

Herzklopfen im Schnee
Emma S. Rose

1. Auflage
November 2020
ISBN: 9798692899330
© Emma S. Rose
Rogue Books, Inh. Carolin Veiland, Franz - Mehring - Str. 70, 08058 Zwickau
emma.rose@gmx.net

Buchcoverdesign: Sarah Buhr / www.covermanufaktur.de unter Verwendung Stockfotografien von Vasyl; Subbotina Anna / Adobe Stock sowie Shumo4ka / Shutterstock

Printed by booksfactory, Poland

Alle Rechte sind der Autorin vorbehalten.
Das Werk ist urheberrechtlich geschützt. Jede Verwertung und Vervielfältigung - auch auszugsweise - ist nur mit der ausdrücklichen schriftlichen Genehmigung der Autorin gestattet. Alle Rechte, auch die der Übersetzung des Werkes in andere Sprachen, liegen alleine bei der Autorin. Zuwiderhandlungen sind strafbar und verpflichten zu entsprechendem Schadensersatz.

Sämtliche Figuren und Orte in der Geschichte sind fiktiv. Ähnlichkeiten mit bestehenden Personen und Orten entspringen dem Zufall und sind nicht von der Autorin beabsichtigt.

Bibliografische Information der Deutschen Nationalbibliothek.
Die Deutsche Bibliothek verzeichnet diese Publikation in der Deutschen Nationalbibliografie; detaillierte bibliografische Daten sind im Internet über http://dnb.ddb.de abrufbar.

Für meinen geliebten Opi.
Du wirst immer einen ganz besonderen Platz
in meinem Herzen haben.

Alles, worauf die Liebe wartet, ist die Gelegenheit.

— Miguel de Cervantes

1
Marie

Schöne Bescherung – im wahrsten Sinne des Wortes!

Schniefend wische ich mir über die Nase und versuche, die bitteren Tränen hinunterzuschlucken, die sich erneut einen Weg Richtung Oberfläche bahnen. Ich will nicht mehr weinen! Will nicht eine einzige Träne mehr wegen dieses Blödmanns vergießen! Und doch überkommt mich immer wieder dieses schreckliche Brennen hinter den Lidern und in der Kehle; verräterische Trauer um einen Kerl, der es sowieso nicht verdient hat.

So ein Arsch!

Mein Leben war bis gestern wirklich perfekt. Als freie Lektorin für verschiedene Verlage und Indies kann ich praktisch überall arbeiten, lebe damit schon seit zwei Jahren meinen absoluten Traum. Was gibt es Schöneres, als all seine Energie in die Entstehung neuer literarischer Werke zu stecken? Für mich nicht viel.

Zudem war ich drei Jahre lang in einer festen Beziehung mit einem Mann, den ich während des Studiums kennen- und lieben gelernt habe. Ich war mir sicher, dass er mir bald einen Antrag machen würde; wir waren *glücklich*.

Zumindest dachte ich das.

Blöderweise stellte sich gestern heraus, dass ich selbst einem Hirngespinst hinterhergerannt bin, während Leif offenbar viel klarer gesehen hat. Für ihn war unsere Beziehung nichts weiter als ein Zeitvertreib, ehe er die »Richtige« findet. Ich war seine *Zwischenlösung*, ein bequemer Platzhalter, nett an der Seite zu haben, nett im Bett, aber eben nicht *dauerhaft*. Klingt hart? Ja, finde ich auch. Hat er mir aber genau so um die Ohren gehauen. Gestern, als wir eigentlich unsere Koffer für einen Kurztrip packen wollten. Ich schniefe erneut, dieses Mal klingt es wütender. So ein beschissenes Timing! Ich hatte sogar schon ein kleines Vor-Weihnachtsgeschenk für ihn besorgt, und ich war wirklich überzeugt davon, dass er mir einen romantischen Antrag im Schnee machen würde. Gott, was bin ich nur für ein naives Ding! Stattdessen kam er mit diesem ernsten Blick daher und hat mit einem Schlag meine Hoffnungen zerstört. Als wären sie nichts wert, als würden sie nichts bedeuten ...

Das Brennen hinter meinen Augen wird stärker. Spontan beschließe ich, zumindest eine kurze Pause einzulegen und mich zu sammeln. Zwar bin ich die Fahrerei langsam leid und würde lieber endlich ankommen, aber dafür brennen Wut und Scham so lodernd in mir, dass ich das Feuer erst einmal bekämpfen muss. Idealerweise mit einem Kakao. Alkohol kann ich mir aktuell ja leider noch nicht gönnen.

Als nur wenige Minuten später eine Ausfahrt auftaucht, setze ich kurzerhand den Blinker. Etwas flotter als nötig biege ich ab, lache dabei über mich selbst. Es wäre absolut typisch, wenn ich jetzt im Graben landen würde. Aber es geht gut und ich gleite in eine freie Parklücke direkt hinter der Tankstelle. Zwar bietet dieser Rasthof keine bekannte Fastfoodkette, aber ich nehme mit dem Angebot des kleinen Shops vorlieb und gebe eine horrende Summe für Eiskaffee, zwei Tetrapaks Kakao und eine schwindelerregende Menge an Schokoriegeln und Nüssen aus. Vermutlich wirke ich leicht irre, während ich mit roten Wangen und verquollenen Augen den ganzen Kram eilig in meine Handtasche stopfe, bis ich den Reißverschluss nicht mehr schließen kann, nur um dann eiligen Schrittes davonzueilen. Ganz wie ein Junkie auf der Jagd nach seiner nächsten Dosis. In meinem Fall: Zucker.

Erst zurück im Wagen atme ich wieder durch, doch kaum habe ich den Motor gestartet, schießen mir wieder verräterische Tränen in die Augen – dieses Mal, weil einer meiner liebsten Weihnachtssongs im Radio ertönt. Last Christmas. Ja, ich gehöre zu der Fraktion jener, die offen dazu stehen, ihn zu mögen, anstatt jedes Mal zu stöhnen, sobald die ersten Takte erklingen. Leif hat mich immer damit aufgezogen, aber als ich ihn vergangenes Jahr in den gleichnamigen Kinofilm geschleppt habe, war er doch angetan. Hat er zumindest behauptet. Dummerweise stelle ich nun alles infrage – und den Song genießen kann ich auch nicht mehr. Zumindest nicht jetzt.

Verdammt! Ich bin nichts als ein Häuflein Elend, das eine gute Woche vor Weihnachten alleine in die Berge flüchtet, um dort sein gebrochenes Herz zu kitten. Im Gepäck: Schokolade, Nüsse, Kakao und die Last der gesamten letzten Jahre. Großartig.

Das letzte Stück bringe ich schnell hinter mich. Auf dem Beifahrersitz wächst der Haufen Cellophan-Papier, weil ich einen beträchtlichen Teil der überteuerten Riegel direkt in mich stopfe, mich dadurch aber doch nicht besser fühle. Am Horizont ballen sich dunkelgraue Wolken zusammen, die einen Teil der Berge bereits bedecken. Normalerweise ist der Anblick spektakulär, doch heute sind die Spitzen gar nicht erst zu erkennen und die Dörfer am Fuße der Berge wirken, als würden sie bald von grauen Massen begraben werden. Es hat etwas Bedrohliches an sich, obwohl ich weiß, dass es nichts als schlichte Wolken sind. Keine Lawinen, kein Weltuntergang. Und dennoch: Bisher waren die Berge jedes Mal von strahlendem Sonnenschein beleuchtet, der blaue Himmel ungebrochen, wenn ich hergekommen bin. Dreimal war ich schon hier, jedes Mal mit meiner besten Freundin Kira. Mein Ziel, eine rustikale Berghütte, gehört ihren Großeltern, die mittlerweile aber zu alt sind, um dort noch Urlaub zu machen. Wir haben daraus Mädels-Trips gemacht, mit Schneespaziergängen, Ski-Versuchen (bei denen ich glorreich gescheitert bin), heißem Kakao mit Marshmallows und kuscheligen Abenden vor dem offenen Kamin. Leif hat uns kein einziges Mal begleitet, teils, weil wir es nicht wollten, teils, weil ihm diese Art von Urlaub zu »rudimentär« war. Auf gut Deutsch: Kiras Hütte in den Bergen ist *Leif-Erinnerungsfreie-Zone*. Grund genug, jetzt hierherzukommen. Als ich Hals über Kopf meine Sachen gepackt habe, hatte ich sofort Kiras Worte im Ohr. Bei unserem letzten Trip hat sie mir am – zugegebenermaßen weinlastigen – letzten Abend versichert, dass ich jederzeit herkommen dürfte und mir feierlich ihren Ersatzschlüssel überreicht. Nur deshalb bin ich unterwegs. Ohne ihr Wissen – denn wenn ich zugegeben hätte, dass Leif mich verlassen hat, hätte sie mich niemals alleine fahren lassen – und ohne wirklichen Plan.

Die Wolken werden dunkler, türmen sich zunehmend höher auf. Nervös beäuge ich die massive Front, die immer tiefer ins Tal vorzudringen scheint. Noch ist sie weit von meinem Ziel entfernt, aber wer weiß, was sich dort zusammenbraut. Ich bin so überstürzt aufgebrochen, dass ich gar nicht daran gedacht habe, die Wettervorhersage zu prüfen. Ich erinnere mich, dass die Hütte mit einem Notfallgenerator ausgestattet ist. Sollte es ein Unwetter geben, werde ich nicht ohne Strom dastehen. Viel wichtiger erscheint es mir plötzlich, Vorräte zu besorgen. Eigentlich wollte ich das morgen machen, mich heute einfach von meinem Schrott ernähren. Doch angesichts der heranrückenden Wolkenfront ändere ich spontan meinen Plan und mache einen weiteren Stopp beim letztmöglichen Supermarkt. Primäre Posten in meinem Einkaufswagen: Kohlenhydrate, Kaffee, noch mehr Schokolade und Wein. Es ist mir nicht einmal peinlich, als der Kassierer die Sachen scannt. Soll er doch denken, was er will.

Die kommende Woche werde ich mich einigeln und niemandem unter die Augen treten, inklusive Frustessen, Leggings und ungewaschenen Haaren. Danach ... werde ich über die Feiertage zu meinen Eltern fahren und einen neuen Lebensabschnitt antreten, als die neugeborene Marie, Single, aber froh darüber, selbstbewusst und karriereorientiert.

Und nicht mehr traurig.

Der Gedanke gefällt mir, auch wenn mir eine leise Stimme zuflüstert, dass es ganz sicher nicht so leicht werden wird. Egal. Man klammert sich an jeden Strohhalm, und das hier ist meine letzte, verbliebene Hoffnung. Ich werde das Beste daraus machen.

Die Sonne steht bereits merklich tiefer, als ich die Zivilisation hinter mir lasse und die schmale Straße ansteuere, die in Schlangenlinien den Berg hinauf führt. Die Luft knistert, so als würde sich etwas Großes anbahnen. Nun, Überraschung – das tut es auch. Die Wolken kommen näher und sie werden dunkler. Es wird dringend Zeit, mich in Sicherheit zu bringen.

Beinahe verpasse ich die kleine private Zufahrt, die zu Kiras Blockhütte führt; fasziniert von den Mengen an Schnee, abgelenkt von den tief hängenden Ästen und dem Glitzern, das noch zu erkennen ist, obwohl sich die Lichtverhältnisse bereits rapide verschlechtern. Erinnerungsfetzen ziehen an meinem inneren Auge vorbei; an Ausflüge, die von wesentlich weniger Schwere begleitet wurden.

Plötzlich mischt sich ein anderes Gefühl unter. Die schwere Betrübtheit wird von etwas Kribbelndem aufgelockert; Vorfreude. Zum ersten Mal seit mehr als 24 Stunden spüre ich, wie meine Mundwinkel in die Höhe zucken. Kurz nur, nicht viel mehr als der schwache Abklatsch eines Lächelns, aber besser als nichts.

Das werte ich als gutes Zeichen.

Endlich taucht es vor mir auf. Das kleine, aber massive Blockhaus wirkt verwaist, die Fenster dunkel. Augenblicklich bemerke ich, wie mich eine Welle der Erleichterung erfasst. Die kommenden Tage entfalten sich bereits deutlich vor meinem inneren Auge. Ein Stückchen hinter dem Blockhaus, am Ende der Zufahrt, gibt es einen Carport, in dem ich meinen Wagen parke. Sobald ich den Motor abstelle, klackt es laut im Innenraum; die Stille dröhnt in meinen Ohren. Ich atme ein paar Sekunden tief durch, starre an die dunkle Rückwand – dann löse ich ruckartig den Gurt. Es wird Zeit, diese kleine Mitleidsblase gegen eine größere einzutauschen.

Dreimal muss ich gehen, ehe ich meine Sachen und die Einkäufe sicher in der Hütte verstaut habe. Der Wind frischt merklich auf und mein Herz pocht heftig. Scheinbar habe ich es noch so gerade eben geschafft, ehe was auch immer sich über mir entlädt. Die Luft in der Hütte ist im Vergleich zu draußen stickig und abgestanden, weshalb ich die Fenster kurz aufreiße. Zwar lasse ich damit auch die Kälte hinein, aber dagegen kann ich gleich mit dem Kamin angehen. Erschaudernd und gleichzeitig erfüllt von dem Gefühl, eine riesige Last hinter mir gelassen zu haben, stehe ich an dem riesigen Fenster im hinteren Bereich der Hütte, noch immer in dicker Winterjacke und mit brennenden Fingerspitzen. Von hier aus kann man über eine kleine Lichtung blicken, ehe etwa fünfzig Meter weiter steile Felswände in die Höhe schießen. Auf dieser Seite des Bergs gibt es mehrere Hütten wie diese, sie alle sind auf kleinen Plateaus errichtet und schmiegen sich an den wachsenden Hang. Einst haben Kiras Großeltern diese kleine Oase gebaut; ich weiß, wie stolz sie auf ihr Werk sind, auch wenn sie mittlerweile nicht mehr herkommen. Das übernimmt der Rest ihrer Familie. Ich seufze leise. Auf dieser kleinen Lichtung haben Kira und ich bereits mehr als einmal Schneeengel gemacht, und auch jetzt spiele ich mit dem Gedanken, mich auf die jungfräulich wirkende Schneedecke zu werfen; doch dazu fehlt mir die Leichtigkeit.

Noch.

Ich nehme mir fest vor, spätestens am Ende des Trips genau das zu tun. Mit Weihnachtsmusik im Ohr und heißem Kakao, der in der Hütte auf mich wartet. Beinahe grimmig entschlossen nicke ich mir selbst zu. Das klingt doch nach einem Plan.

Nach einer Weile schließe ich die Fenster und hocke mich vor den Kamin, um ein Feuer zu entfachen. Wer auch immer zuletzt hier war, hat den Holzkorb großzügig gefüllt, die Scheite sind trocken und groß. Ich stelle mich zwar ziemlich ungeschickt an, schaffe es aber irgendwie, eine kleine Flamme zu entzünden. Seufzend plumpse ich auf den Hintern, noch immer in Jacke und Schal, und starre auf die Feuerzungen, die gierig am Holz und den alten Zeitungsresten lecken. Es qualmt etwas mehr als nötig, aber der harzige Geruch von altem Holz erfüllt mich mit Behaglichkeit, verdrängt zumindest kurzfristig all die komplizierten Gefühle. Am liebsten würde ich mir stolz auf die Brust klopfen. Hugh, ich habe Feuer gemacht! Bei diesem Gedanken muss ich lächeln. Es kann so einfach sein. Eine kleine Hütte in den Bergen, Feuer, Wein und Nudeln. Die fiesen Trennungsschmerzen flachen etwas ab – und im

Laufe der nächsten Tage werde ich mit Sicherheit auch geübter, was das Entzünden des Feuers angeht.

Ehe ich für immer hier sitzen bleibe und mich von den Flammen hypnotisieren lasse, rapple ich mich schließlich auf, schäle mich aus der Jacke und bringe meine Sachen in das erste der beiden Schlafzimmer. Normalerweise schlafe ich in dem anderen, aber dieses hat die schönere Aussicht, und da ich alleine bin, kann ich ausnahmsweise frei wählen. Nur kurz zögere ich, ehe ich mein Handy mit der Anlage verbinde und eine Playlist mit Weihnachtsliedern öffne. Ja, es tut weh, mich von diesem Heile-Welt-Zauber einhüllen zu lassen, wo in meinem Herzen doch gerade ein solches Durcheinander herrscht, aber gleichzeitig wächst mein Widerwille. Normalerweise liebe ich die Weihnachtszeit – das will ich mir jetzt, auf der Zielgeraden, nicht versauen lassen!

Grimmig singe ich mit; zunächst mit wackeliger Stimme, dann immer sicherer. Mit jedem verklingenden Song fällt es mir leichter. In den Pausen zwischen zwei Liedern höre ich, wie der Wind weiter zunimmt und um die Ecken pfeift; zufrieden darüber, mich sicher im Warmen zu wähnen, macht mir das Wetter plötzlich keine allzu großen Sorgen mehr. Im Gegenteil. Lächelnd wickele ich mich in eine Decke und kuschele mich auf die Couch, starre in die Flammen und versuche, meinen Kopf auszuschalten.

Als es zunehmend dunkel wird und ich ein paar zusätzliche Lampen anknipsen muss, ziehe ich in Erwägung, Kira Bescheid zu geben, verschiebe diese Entscheidung jedoch auf morgen. Noch bin ich nicht bereit für die Art von Gespräch, die unweigerlich auf mich zukommen würde. Stattdessen koche ich die erste von vielen geplanten Portionen Nudeln mit Tomatensoße, gieße mir ein großzügiges Glas Rotwein ein und kehre zurück auf die Couch neben dem Kamin. Langsam wird es warm und gemütlich, die graue Wolldecke ist nicht mehr nötig. Ich lasse meinen Blick durch die Hütte schweifen. Als sie damals gebaut wurde, lag das Hauptaugenmerk nicht auf Luxus. Es musste funktional sein und gemütlich. Das Erdgeschoss besteht eigentlich aus nichts weiter als einem einzigen, großen Raum. Rechts vom Eingang befindet sich die offene Küche, die nicht gerade riesig, aber mit allem Wichtigen ausgestattet ist. Ein grober Holztresen mit drei Hockern grenzt sie vom Rest des Raumes ab, direkt dahinter steht noch ein Esstisch, der Platz für bis zu acht Personen bietet, obwohl es effektiv nur vier Betten in zwei Schlafzimmern gibt. Die befinden sich im ersten Stock, erreichbar durch eine langgezogene, offene Treppe auf der linken Seite des Eingangs, unter der sich die Garderobe befindet. Zwischen den Schlafzimmern liegt das geräumige Bad mit einer freistehenden Badewanne auf Klauenfüßen und einer riesigen Dusche, der wohl einzige, richtig luxuriöse Raum. Trotz allem füllt der erste Stock nur die Hälfte der Hütte aus, abgegrenzt von einer Galerie und einer kleinen Leseecke auf der einen Seite. Die andere Hälfte des Hauses ist offen bis zum Dachgebälk, das sich rustikal und dunkel über mir erstreckt. Besonders gemütlich sind die vielen Details. An jedem freien Ort befinden sich Regale mit Büchern. Dicke, gemütliche Kissen, weiche Wolldecken und geschmackvolle Dekoration erfüllen ebenfalls ihren Zweck. Die Möbel mögen schon etwas älter sein, aber allesamt sind sie rustikal und stabil. Besonders hat es mir der Ohrensessel neben dem Kamin angetan; dort werde ich mit Sicherheit noch viele Stunden sitzen und lesen. Im Prinzip sind es einzig die technischen Geräte, die mich daran erinnern, mich nicht auf eine Zeitreise in die Vergangenheit begeben zu haben. Der riesige Fernseher zum Beispiel, der an der Wand rechts vom Kamin hängt, oder die dezenten Lautsprecher der Dolby-Surround-Anlage, die an den Wänden befestigt wurden. Ich seufze tief durch, während ich mich auf der bequemen, wenn auch durchgesessenen Couch ausstrecke und meine Füße in das Schaffell grabe, das am einen Ende über den Bezug geworfen ist. Kurz überlege ich, den Fernseher anzuschmeißen, entscheide mich dann aber doch für Ruhe und das beruhigende Knistern des Feuers. Selbst die Musik stelle ich aus.

Mittlerweile ist der Wind so laut geworden, dass es im Gebälk ächzt und knackst. Mit zuckenden Mundwinkeln ziehe ich mein Handy hervor, um den Wetterbericht zu prüfen – und stöhne auf, halb belustigt, halb entnervt. Natürlich kündigen sie einen Schneesturm an. Nur ich kann das Glück haben, genau dann in die Berge zu fahren, wenn ein solches Unwetter droht. Gott sei Dank bin ich nicht ein paar Stunden später losgefahren. Ich habe in ausreichenden Mengen eingekauft und nicht vor, so schnell meine Festung zu verlassen, kann den Sturm also einfach aussitzen. Wenigstens habe ich damit die perfekte Begründung, mich ein paar Tage lang von jeglicher Zivilisation zurückzuziehen.

Irgendwann verlasse ich meine kleine Sofafestung, um den Laptop zu holen. Eine Weile ziehe ich in Erwägung, an meinem aktuellen Auftrag weiterzuarbeiten, bleibe dann jedoch bei Facebook hängen, wo mir ausgerechnet eine Statusänderung von Leif ins Auge fällt.

Er ist nun Single. Und er hat offenbar keine Zeit verschwendet, um das aller Welt zu verkündigen.

Schon verfliegt sie, meine kurzfristige Motivation, verschwindet in dem schwarzen Loch, das seit gestern unaufhörlich an mir nagt. Kurzerhand klappe ich meinen Laptop wieder zu und springe auf, um mir den Wein zu holen, dieses Mal gleich die ganze Flasche. Es ist sowieso mein erster Tag; ich habe mir verdient, mich zu betrinken. Wenn nicht jetzt, wann dann?

Deprimiert und in Gedanken bei einer mehr als bekannten Roman- und Filmfigur summe ich schräg »*All by myself*«, dann gieße ich mein Glas randvoll. Das ist Tag eins. Ich kann es mir noch erlauben, mich von ihm runterziehen zu lassen.

An meinem neuen Ich arbeite ich ab morgen.

2
Kellan

»Fuck!«

Lautstark fluchend kämpfe ich mich die schmale Bergstraße hinauf. Adrenalin ringt mit der Müdigkeit in meinen Knochen. Wieso genau bin ich noch gleich auf die dämliche Idee gekommen, mich nach meinem letzten Dienst direkt ins Auto zu setzen, in der Hoffnung, noch vor dem großen Sturm anzukommen?

Natürlich hat es nicht geklappt.

Natürlich habe ich daher statt drei Stunden beinahe sechs gebraucht, die zusätzlichen Stunden auf dem letzten Drittel der Fahrt. Ich bin so fertig, dass es mir schwerfällt, mich auf die Straße zu konzentrieren, aber mein Ziel ist fast erreicht. So nahe, dass ich beinahe das Knistern des Kamins hören und die kühle Bettwäsche an meiner Wange spüren kann. Ein paar Tage Auszeit, ehe der Wahnsinn der Feiertage beginnt. Ein paar Tage Ruhe nach einem wahren Marathon an Diensten, in denen ich gefühlt dem gesamten Irrsinn der Menschheit ausgesetzt war. Man sollte meinen, die Weihnachtszeit lädt zu Besinnlichkeit und Ruhe ein, zu freundschaftlichen Gefühlen und Romantik. Aber nein. Ladendiebstahl, Trickdiebe, Einbrüche, häusliche Gewalt und eine gehörige Portion Aggression haben meine letzten Wochen beherrscht. Ich kann es kaum erwarten, für ein paar Tage abzuschalten und meine Dienstmarke mitsamt diesem Scheiß hinter mir zu lassen.

Die Scheinwerfer schneiden kaum durch die dicken Schneeflocken, die beinahe waagerecht vom Himmel peitschen. Ich dachte, ich kenne die Wetterkapriolen gut genug, so oft, wie ich bereits hier war, doch heute toppt alles. Gott sei Dank fahre ich einen SUV, der mit den Schneemassen klar kommt, aber ich selbst bin mittlerweile am Ende meiner Kräfte angelangt. Wären es nur fünfzig Kilometer mehr, ich müsste einen Zwischenstopp in einer Pension einlegen. Jeden anderen Autofahrer würde ich für diesen Irrsinn verwarnen. Meine Mundwinkel zucken schwach in die Höhe – Doppelmoral steht mir nicht. Gott, ich bin so *erschöpft*.

Als ich die schmale Einfahrt entdecke, die zur Hütte führt, stöhne ich erleichtert auf. Jetzt kann nichts mehr passieren. Ich halte direkt vor der Tür, nicht bereit, auch nur einen Zentimeter weiter zu fahren, und schnappe meine Reisetasche vom Beifahrersitz. Ich habe nichts anderes vor Augen als mein Ziel – die warme Behaglichkeit der Hütte. Ruhe. Der Wind ist schneidend, reißt mir beinahe die Autotür aus der Hand, und mir entschlüpft ein derber Fluch. Ohne Scheinwerfer ist die Dunkelheit hier oben vollkommen; der heulende Sturm und die eisigen Flocken, die im Gesicht piksen, lassen mich erschaudern. Mit zwei großen Schritten habe ich das kleine Vordach erreicht, doch schon jetzt bin ich zutiefst durchgefroren. Meine Jacke liegt noch auf der Rückbank. Egal. Darum kann ich mich morgen kümmern. Jetzt will ich einfach nur so schnell wie möglich rein, damit ich für niemanden mehr eine Gefahr darstelle; nicht einmal für mich selbst.

Eilig ramme ich den Schlüssel ins Schloss – und halte irritiert inne, als ich feststelle, dass nicht abgeschlossen ist. Kira! Ich habe ihr hundertmal gesagt, dass sie darauf achten soll. Wenn jemand während unserer Abwesenheit die Hütte ausräumt, können wir nichts dagegen tun!

Ich atme tief durch, kämpfe gegen den Ärger an. Morgen. Morgen werde ich sie darauf hinweisen.

Es ist wie erwartet dunkel, aber erstaunlicherweise begrüßt mich nicht die gewohnte abgestandene Luft, vielmehr riecht es nach verbranntem Holz und etwas anderem. Nach Leben. Mit gerunzelter Stirn denke ich an mein Gespräch mit Kira zurück; meines Wissens nach war sie zuletzt vor zwei Monaten hier. Doch wer weiß; vielleicht hat sie ja einen kurzen Trip hierher gemacht, oder Freunde von ihr. Wäre nicht das erste Mal. So oder so werde ich sie morgen auch *darauf* ansprechen.

Ich stöhne auf, als die Tür hinter mir ins Schloss fällt und somit den Sturm und die Kälte aussperrt. Immerhin einen Vorteil hat diese Überraschung: Es ist längst nicht so ausgekühlt wie befürchtet, auch wenn ich schon jetzt spüre, wie der Sturm durch jede Ritze dringt. Kurz ziehe ich in Erwägung, den Rest meiner Sachen noch aus dem Auto zu holen, schiebe den Gedanken aber beiseite. Morgen. Nichts davon ist jetzt zwingend nötig, dafür aber definitiv das Bett.

Ich kicke mir die Boots von den Füßen, schnappe meine Tasche und fahre mit der freien Hand durch meine Locken, in denen sich erstaunlich viele Schneeflocken verfangen haben, die nun langsam schmelzen. Die Erschöpfung lässt meine Schritte schwer werden; mühsam schleppe ich mich die Treppe hinauf in den ersten Stock, irritiert von dem süßlichen Geruch hier oben. Aber meine Gedanken werden immer langsamer und zäher, nun, da das Adrenalin langsam abflaut und nichts als Erschöpfung zurücklässt. Gott, ich bin so ein Idiot. Ich hätte noch eine Nacht zuhause pennen und mich dann früh auf den Weg machen sollen, aber nein. Ich konnte es ja nicht mehr aushalten. Diese Fahrt wird mir noch lange in den Knochen stecken, aber was soll's. Ich habe es geschafft. Ich bin hier. Und nun werde ich ein paar Tage ausspannen und meine Energiespeicher auffüllen. Das habe ich wirklich dringend nötig.

Ohne Umschweife steuere ich das Schlafzimmer an, in

dem ich schon immer geschlafen habe, stoße die Tür auf, lasse die Tasche einmal mehr zu Boden fallen und lande grunzend bäuchlings auf der Matratze.

Ich schlafe unmittelbar ein.

❄

Wie immer werde ich bereits im Morgengrauen wach. Mein Nacken schmerzt höllisch, weil ich beinahe die ganze Nacht unbeweglich dagelegen habe; außerdem sind meine Glieder steif.

Und ich friere.

Grummelnd ziehe ich die Decke über meine Schultern, doch das ist vergebliche Liebesmüh. Noch immer heult der Sturm pfeifend ums Haus, die Kälte rückt schwer auf mich ein. Schwach kommen Erinnerungen an die Nacht auf. Zunächst kann ich mich kaum daran erinnern, wie ich überhaupt hierher gekommen bin; die Erschöpfung war so tief, es fühlt sich beinahe an, als wäre ich verkatert. Also, Faktencheck, verdammt nochmal: Ich stecke in den Klamotten vom Vorabend. Immerhin habe ich vor der Abfahrt Jeans gegen Jogginghose getauscht und der dicke Strickpulli hilft beim Kampf gegen die winterlichen Temperaturen. Ich liege im Bett, fühle mich erschöpft, aber nichts schmerzt. Also keine Zwischenfälle. Ich bin heile angekommen – trotz der widrigen Umstände. Immerhin etwas.

Eine Weile halte ich es noch im Bett aus, versuche, trotz des lärmenden Sturms zu dösen, doch dann wird ein allzu menschliches Bedürfnis übermächtig. Seufzend schlage ich die Decke zurück, um pinkeln zu gehen. War ja klar, dass ich nicht einmal hier ausschlafen kann. Selbst nach der anstrengenden Nachtfahrt.

Ich bin immer noch vor Müdigkeit und Erschöpfung benebelt, weshalb ich einen Moment brauche, um den

Anblick zu verarbeiten, der sich mir im Bad bietet. Nicht nur, dass die Luft noch immer leicht feucht wirkt und nach süßer Vanille riecht; auf der Ablage über dem Waschbecken herrscht ein einziges Durcheinander. Blinzelnd starre ich auf die vielen Tuben und die Zahnbürste, atme scharf ein – und wirble herum. Hinter mir an der Tür befindet sich ein riesiger Kulturbeutel an einem der Handtuchhaken.

»Was zum ...«

Weiter komme ich nicht, weil im nächsten Moment besagte Tür so heftig aufgestoßen wird, dass sie gegen die Wand knallt; ein lautes Kreischen ertönt, und im nächsten Moment stöhne ich dumpf auf, weil ich mit einem Buch verprügelt werde.

Mit einem *Buch!*

»Verdammt nochmal«, brülle ich überrascht auf; die Intensität ist weniger dem Schmerz als dem Schock geschuldet, der mich bei diesem Überfall erfasst.

»Verdammt nochmal!«, echot mein Angreifer – und erst jetzt wird mir das volle Ausmaß der Katastrophe so richtig bewusst.

»Scheiße!«, rufe ich stöhnend aus, während die Erkenntnis mit dem Nebel in meinem Hirn kämpft. Und, verdammt – noch immer muss ich pinkeln wie verrückt.

»Was tust du hier?« Die Stimme meines Angreifers ist schrill. Oder soll ich lieber sagen, meiner *Angreiferin*? Kurzerhand entreiße ich ihr das Buch, das sich als zerlesene Harry-Potter-Ausgabe entpuppt. Super, wer lässt sich nicht gerne von einer Horde Zauberlehrlinge verprügeln? Mit gerunzelter Stirn werfe ich das Buch auf die kleine Kommode neben der Tür, ohne die junge Frau aus dem Auge zu lassen, die mich soeben angegriffen hat und noch immer ziemlich entsetzt wirkt.

»Das könnte ich dich fragen«, gebe ich knurrend zurück. Deshalb war also nicht abgeschlossen. Deshalb roch es nach Feuer – und so süßlich im ersten Stock. Ich seufze entnervt auf.

Schon reckt sie ihr Kinn angriffslustig. Gleichzeitig entgeht mir nicht, wie verquollen ihre Augen wirken. Ob sie ebenso erschöpft ist wie ich? »*Ich* nehme mir eine Auszeit. Kira hat gesagt, dass ich jederzeit herkommen kann, wenn mir danach ist.«

»Hat Kira dir auch erlaubt, mich zu verdreschen, wenn du mich hier antriffst?«, gebe ich gereizt zurück. Meine Aussicht auf ein paar ruhige Tage scheint sich plötzlich in Luft aufzulösen, und das nervt mich mehr als dieser dumme Schock am Morgen.

Sie atmet scharf ein. Marie. Seit einer Weile ist sie Kiras engste Freundin, doch ich hatte erst eine Handvoll Gelegenheiten, sie zu treffen. Die meiste Zeit hing sie am Arm eines ekelhaft arrogant aussehenden Kerls, der immer diesen seltsamen Gesichtsausdruck hatte, so als würde ihn alles nerven. Ich habe sie automatisch in dieselbe Schublade gesteckt und mich immer gefragt, was Kira eigentlich an ihr findet. Fraktion Schickimicki, kein Funken Humor im Leib und so weiter und so fort.

Jetzt ... steht sie vor mir und sieht so anders aus als all die Male zuvor. Abgesehen von ihren vor Schock geweiteten Augen fallen mir als erstes ihre knallpinken, sehr flauschig aussehenden Socken ins Auge. Dazu trägt sie eine dick wirkende, fliederfarbene Leggings mit Herzen an den Knien und ein verwaschenes Longshirt, das ihr über die rechte Schulter gerutscht ist. Ihr Haar ist nichts als ein wildes Durcheinander von blonden und bronzefarbenen Strähnen, und offenbar hat sie gestern Abend darauf verzichtet, sich abzuschminken; Spuren ihrer Mascara befinden sich noch unter ihrem Wimpernkranz. Außerdem wirkt sie definitiv mindestens genauso erschöpft, wie ich mich fühle.

Mir entweicht sämtliche Luft. Für einen kurzen Moment

habe ich nicht einmal die Lust, mich mit ihr auseinanderzusetzen, doch sie scheint anderer Meinung zu sein.

»Natürlich nicht«, faucht sie – und für einen Moment weiß ich nicht, worauf sie hinauswill, ehe mir mein dummer Spruch wieder einfällt. »Aber trotzdem …«

»Trotzdem was?«, falle ich ihr schnauzend ins Wort. »Hör zu, ich muss dringend pissen. Wenn du also gehen und mir meine Privatsphäre lassen könntest, wäre das wirklich prima!«

Sie zischt los, gleichermaßen schockiert von meinen derben Worten wie ich. Ihre Augen werden, falls möglich, noch größer, und eine leichte Röte überzieht ihre Wangen. Dennoch stolpert sie rückwärts, folgt meiner Aufforderung – nicht, ohne ihren verdammten Schmöker mitzunehmen. Na toll, damit ist sie also wieder bewaffnet.

Irritierenderweise verspüre ich den Anflug eines schlechten Gewissens, während ich mich erleichtere. Als ich ans Waschbecken trete, dringt mir dieser süßliche Duft hochkonzentriert in die Nase. Der war mir heute Nacht schon aufgefallen, aber da war ich viel zu erschöpft, um die richtigen Schlüsse zu ziehen. Ich widerstehe dem Drang, den Ursprung ausfindig zu machen, wasche mir Hände und Gesicht und kämme einmal grob mit den Fingern durch meine Locken, die wirr vom Kopf abstehen. Dabei werfe ich einen Blick in den Spiegel und betrachte mein Gesicht. Kein Wunder, dass sie mich für einen Einbrecher gehalten hat – ich sehe furchteinflößend aus. Ein dunkler Bartschatten zeichnet sich auf meinen Wangen ab, die tiefen Ringe unter meinen stumpfen Augen zeugen von dem Kraftakt der letzten Nacht. Meine Mundwinkel zucken zu einem freudlosen Grinsen in die Höhe.

Großartig. So habe ich mir die Ankunft hier ganz sicher nicht vorgestellt. Wenigstens hat Marie nicht in meinem Bett gelegen, als ich mich heute Nacht dort habe reinfallen lassen. Ich schnaube los. *Das* wäre mal eine Überraschung gewesen.

Als ich das Bad verlasse, höre ich sie bereits rumoren – und fluchen. Widerwillig werfe ich einen Blick nach unten und sehe, wie sie vor dem Kamin hockt. Es wirkt nicht gerade, als wüsste sie, was sie tut, und ihre Finger zittern, als sie ein Streichholz entzündet. Ob vor Kälte oder weil meine Anwesenheit sie so aufregt, kann ich nicht sagen.

Noch immer herrscht nicht viel mehr als Dämmerlicht, der frühen Uhrzeit und dem Sturm geschuldet, der unvermittelt draußen wütet. Dennoch kann ich genug erkennen – genug von dem Chaos, das sie offenbar bereits veranstaltet hat. Seltsam, dass ich von alledem gestern nichts wahrgenommen habe.

Meine Finger verkrampfen sich am Geländer, ehe ich beschließe, die brennenden Worte auf meiner Zunge hinunterzuschlucken und erst einmal in andere Klamotten zu schlüpfen. An Schlaf ist sowieso nicht mehr zu denken.

Was sucht sie hier, verdammt?

Wieso ist ausgerechnet Kiras Freundin jetzt hier – und warum zum Teufel hat meine Schwester nichts davon erwähnt?

Gott verdammt, ist es wirklich zu viel verlangt, ein paar Tage seine Ruhe zu haben? Jegliche Belustigung verfliegt, während ich mich abrupt abwende, um mich umzuziehen. Marie und ich müssen reden. Hier ist kein Platz für uns beide – und ich habe definitiv Vorrecht. Hoffentlich ist sie nicht in der Laune, stundenlang zu diskutieren.

3
Marie

Mist! Großer, gottverdammter und verfluchter Mist!

Kellan ist hier! Und ich habe ihn angegriffen wie eine Geisteskranke!

Noch immer rast mein Puls so heftig, dass mir schwindelt. Gut, vielleicht hängt das auch mit meinem Kater zusammen; an dem Liter Rotwein, der nun unangenehm in meiner Magengrube brennt und meinen Schädel pochen lässt. Auch ich müsste dringend pinkeln, traue mich aber nicht nach oben. Nicht, solange er noch dort herum wütet.

Denn *wüten* ist in diesem Zusammenhang leider der passende Begriff.

Ich höre, wie eine Tür knallt, wie es dort oben rumort, als würde er seinen Koffer durch die Gegend treten. All das ist untermalt vom Jaulen des Sturms. Ich schlucke, nervös und angespannt, und trete an das Fenster zur Lichtung, um die schweren Vorhänge beiseitezuziehen. Es ist noch immer recht dunkel draußen, aber dennoch erkenne ich, dass mindestens ein halber Meter Schnee über Nacht gefallen sein muss; ich atme keuchend ein. Der Sturm hat für ordentliche Schneewehen gesorgt, es ist, als würde ich auf helle Dünen starren, die sich sanft über die Fläche erheben. Jetzt wäre ein Schneeengel wohl eher nicht möglich, ich würde einfach in den Massen verschwinden. Diese Aussicht kommt mir plötzlich verdammt verlockend vor.

Aber nein. Natürlich werde ich nicht den feigen Weg wählen, auch wenn ich mich gerade alles andere als bereit für die kommende Auseinandersetzung fühle. Fakt ist: Wir können nicht beide hierbleiben. Das funktioniert einfach nicht. In meinen Plänen ist kein Raum für eine weitere Person, die mich dabei stört, gedankenlos vor mich hin zu vegetieren, Unmassen an Süßkram zu futtern und mein Herz zu reparieren. Schon gar nicht, wenn die besagte Person männlich ist. Und, oh Gott: so gutaussehend wie Kiras Bruder.

Bisher habe ich ihn nur ein paar Mal gesehen. Jedes Mal wirkte er so, als könnte er mich nicht leiden. Und die Feindseligkeit, mit der er mir vorhin begegnet ist, untermauert meinen Verdacht. Ein seltsames Brennen breitet sich in meiner Magengrube aus. Wer findet es schon gut, grundlos gehasst zu werden? An mir geht das jedenfalls nicht spurlos vorbei.

»Vielleicht liegt es aber auch nur daran, dass ich ihn angegriffen habe«, murmle ich kaum hörbar vor mich hin. Ich lache freudlos auf. Womöglich. Seine erschrockene Miene ist mir noch mehr als deutlich ins Hirn gebrannt. Seine klaren, himmelblauen Augen, die so kühl sein können, aber auch so warm. Seine wilden, pechschwarzen Locken. Er und Kira könnten nicht gegensätzlicher sein, und doch stehen sie sich recht nahe, soweit ich weiß.

Ich stöhne auf. Kellan ist Kiras *Bruder!* Das heißt, auch ihm gehört diese Hütte. Mag sein, dass ich eher angekommen bin, aber wenn er beschließt, mich rauszuschmeißen, kann ich rein gar nichts dagegen tun. Von wegen ich will nicht teilen: Ich kann froh sein, wenn er mich nicht vor die Tür setzt. Tränen schießen mir in die Augen. Das kann ich nicht zulassen. Nicht einfach so.

Dumpfe Schritte ertönen hinter mir. Ich richte mich augenblicklich auf; mir schwindelt von der ruckartigen Bewegung. Schon überfällt mich die nächste heimtückische Welle der Übelkeit, und ich atme tief durch, um dagegen anzukämpfen. Kellan hat sich umgezogen, er trägt einen schwarzen Rollkragenpullover, der sich wie eine zweite Haut an seinen breiten Oberkörper schmiegt, und dazu eine ebenso schwarze Jeans. In diesem Moment erinnert er nicht an einen Polizisten, er wirkt eher wie ein schwarzer Rächer, viel mehr wie der von mir erwartete Einbrecher. Insbesondere, da seine Miene so verkniffen wirkt. Plötzlich überfällt mich Nervosität; ohne darüber nachzudenken, eile ich zur Treppe und dränge mich an ihm vorbei, sobald er das Fußende erreicht hat.

Natürlich macht er es mir nicht so leicht, seine Hand schießt hervor und ergreift meinen Ellenbogen. »Warte.«

»Nein«, zische ich zurück. »Jetzt bin ich die mit den dringenden Bedürfnissen.«

Überraschung spiegelt sich in seinen Augen wider, dann funkelt etwas in ihnen auf. Belustigung? Ehe ich das näher analysieren kann, lässt er mich schon los und ich eile weiter.

Schwer atmend verbarrikadiere ich mich im Bad, wo ich mich erleichtere und anschließend unter die Dusche springe. So viel Zeit muss sein. Mühsam versuche ich, die Anspannung und den Kater von meiner Haut zu schrubben, es gelingt mir nur mäßig. Obwohl ich mich beeile, brauche ich eine gute halbe Stunde, jede einzelne Minute davon bitter nötig, um an meiner Fassung zu arbeiten. Erst, als ich meine Schlafsachen gegen angemessene Klamotten eingetauscht habe, fühle ich mich bereit, Kellan erneut zu begegnen. Zumindest halbwegs.

Das wird sicher kein Spaß.

Unten duftet es verführerisch nach Kaffee. Normalerweise kann ich Koffein nicht vertragen, wenn ich verkatert bin, jetzt hoffe ich jedoch, dass Kellan eine Portion für mich eingeplant hat. Für das, was nun kommt, muss ich wach sein. Kaffee erscheint mir wie der erlösende Schlüssel in dieser unlösbaren Gleichung.

Kellan sitzt am Tresen, zusammengesunken und wie ein

Fels, reagiert weder auf meine herannahenden Schritte, noch, als ich ihn umrunde und die Küche betrete. Aus dem Augenwinkel bemerke ich, dass er einen Becher mit beiden Händen umklammert und in die schwarzen Tiefen starrt, als würde sich dort *seine* Lösung für unser offensichtliches Problem befinden. Die gläserne Kaffeekanne ist nahezu voll; ich zögere nur einen kleinen Moment, ehe ich mir ebenfalls einen Becher einschenke und mich dann ihm gegenüber an die Arbeitsfläche lehne, um einen Schluck zu nehmen.

Eine Weile schweigen wir.

Ich werde mutiger, starre ihn offener an. Seine Locken wirken gebändigt, seine Stirn geglättet, aber noch immer strahlt er eine abweisende, harte Aura aus. Ich denke an unsere vorherigen Begegnungen; daran, dass er selten ein Lächeln für mich übrig hatte, nie mehr als knappe Worte. Plötzlich kocht Ärger in mir hoch; total irrational, absolut unangebracht, aber es ist, als würde die Summe der vorangegangenen, unverständlichen Kränkungen nun das Ruder übernehmen.

»Wieso findest du mich eigentlich so schrecklich?«

Sein Kopf schießt in die Höhe, überrascht starrt er mich an. »Was?« Es dauert einen Moment, dann scheint er sich zu sammeln. Seine Lippen kräuseln sich zu einem Grinsen, das nicht gerade freundlich wirkt.

Ich atme tief durch. »Du wirkst, als würdest du mich ziemlich blöd finden. Wieso?«

Sein Mund klappt auf, dann wieder zu. Kein Laut entweicht seinen Lippen.

Na super.

Ich seufze auf, fahre mir durch die noch leicht feuchten Strähnen und recke das Kinn. »Ich habe dir nie etwas getan, Kellan. Wir haben nie die Möglichkeit gehabt, uns näher kennenzulernen, obwohl du Kiras Bruder bist. Also ...«

»Was ist?«, fällt er mir heftig ins Wort. Ich zucke zusammen. »Denkst du, das hier wäre nun die perfekte Gelegenheit, etwas daran zu ändern? Ich bin nicht hier, um dich kennenzulernen, Prinzessin. Ich will meine *Ruhe* haben!«

»Schön!«, erwidere ich heftig. »Da sind wir ja schon zu zweit! Ich habe nicht darum gebeten, dass wir hier aufeinandertreffen, okay? Das war so nicht *geplant!*«

»Du hättest vielleicht Kira fragen sollen, ob du herkommen kannst.« Sein Blick ist stählern. »Dann hätte sie dir gesagt, dass ich bereits Pläne habe. Schonmal darüber nachgedacht, dass ihr Angebot nur so dahergesagt war?«

Ich atme scharf ein. »Entschuldige bitte, dass mir die Decke auf den Kopf gefallen ist und ich spontan hierhergefahren bin! Das nächste Mal kläre ich das natürlich mit deinem Terminkalender ab!«

»Das solltest du auch!« Seine Augen funkeln kalt. »Dann kommt es nicht mehr zu solchen Zwischenfällen wie heute.«

Seine Worte fühlen sich an wie Kanonenkugeln, die mir gefährlich nahe um die Ohren schießen. Wut und Enttäuschung verknäulen mein Innerstes. Natürlich kommt ausgerechnet in diesem Moment eine besonders heftige Windböe auf; mein Blick zuckt zum nächsten Fenster, doch mehr als wirbelnde Schneeflocken kann ich nicht erkennen. Wow. Gestern kam mir diese Atmosphäre gemütlich vor, heute fühle ich mich gefangen.

Irritiert nehme ich einen weiteren Schluck Kaffee. Immerhin scheine ich ihn zu vertragen. Die Übelkeit übermannt mich nicht mehr und ich beginne, mich ein wenig besser zu fühlen. Kellan konzentriert sich wieder auf seinen Becher. Ich beschließe, die Auseinandersetzung für den Moment ruhen zu lassen. Dazu bin ich einfach zu aufgewühlt.

Gerade, als ich die Küche verlassen und zum Kamin gehen will, um einen Holzscheit nachzulegen, richtet Kellan seine Aufmerksamkeit wieder auf mich. »Ich werde bleiben.«

Ich auch, möchte ich schreien, doch etwas in seinen Augen lässt mich innehalten. Ein Sturm tobt in ihnen, eine Entschlossenheit, die mir Angst einjagt. Tränen beginnen, sich einen Weg an die Oberfläche zu bahnen, meine treuen Begleiter seit zwei Tagen, wenn auch bisher aus anderen Gründen. Die Wut ist allumfassend, ebenso mein Bedürfnis, ihm die Stirn zu bieten. Gleichzeitig verlässt mich dazu die Kraft. In den vergangenen Tagen habe ich schon einmal heftig mit einem Mann gestritten und dabei verloren. Noch einmal möchte ich das nicht erleben.

Kopflos eile ich zum Kamin, doch das Feuer brennt noch hell und kräftig. Dennoch hocke ich mich davor, lege Holz nach, beobachte, wie die Flammen daran lecken, atme den rauchigen Duft ein und trauere meiner Version einer ruhigen Woche hinterher. Sie geht ebenso in Flammen auf wie das trockene Stück Holz.

»Und jetzt?«, ertönt Kellans Stimme viel näher hinter mir, als ich erwartet habe. Erschrocken plumpse ich auf meinen Hintern und lege den Kopf in den Nacken, nur um zu sehen, dass er direkt hinter mir in die Höhe ragt und mich eindringlich mustert. Ein heftiger Blitz durchzuckt mich völlig unvorbereitet, Hitze steigt mir in die Wangen. Und sie stammt definitiv nicht vom Kamin.

Eilig wende ich meinen Blick ab, unfähig, ihm zu antworten.

Dummerweise legt er nach. »Wir können nicht beide bleiben.« Er klingt drängend und hart. Unnachgiebig.

Ich seufze auf. »Was ist? Willst du, dass ich meine Sachen packe und verschwinde? Jetzt?« Meine Worte werden von einem neuerlichen Heulen untermalt. Ich erschaudere alleine bei der Vorstellung, raus in diesen Sturm zu müssen.

»Natürlich nicht jetzt«, erwidert er knurrend. Seine harte Stimme geht mir durch und durch; trotz oder gerade aufgrund seiner Ablehnung. »Aber sobald sich das Wetter beruhigt, wäre ich dir sehr verbunden ...«

Ich lache scharf auf. »Du wärst mir sehr *verbunden?*« Einmal mehr springe ich viel zu schnell auf die Füße und gerate ins Schwanken; Kellan ergreift meinen Oberarm und stabilisiert mich, ehe ich stolpere. Eilig reiße ich mich von ihm los und stemme die Hände in die Seiten. »Verdammt nochmal, ich wäre dir sehr *verbunden*, wenn du mich nicht wie den Feind behandeln würdest! Ich kann auch nichts dafür, dass wir beide dieselbe Idee hatten ...«

»Nur habe ich das Vorrecht«, erwidert er kühl – und nimmt mir damit jeglichen Wind aus den Segeln. Das Totschlag-Argument. Dagegen kann ich nichts ausrichten. Doch es kommt noch schlimmer: »Wieso bist du überhaupt hier? Solltest du kurz vor Weihnachten nicht bei deinem Freund sein?«

In diesem Moment sehe ich buchstäblich rot. Es kommt selten vor, dass bei mir etwas aussetzt, doch plötzlich bin ich nicht mehr dazu in der Lage, logisch zu agieren. Mir entkommt ein kehliger Laut. Dieses Mal entscheide ich mich nicht dazu, ihn anzugreifen, stattdessen laufe ich an ihm vorbei zur Garderobe. Mein Kopf ist wie leergefegt, während ich in meine Boots schlüpfe und meine Jacke vom Haken reiße; ich muss raus. Einfach raus, weg von ihm und seiner selbstgefälligen Gerechtigkeit. Und das so schnell wie möglich.

»Was tust du?«, ruft er mir hinterher, doch ich ignoriere ihn. Ignoriere seine Verwunderung ebenso wie die drängende Logik, die die Oberhand zu erkämpfen versucht. Stattdessen reiße ich die Tür auf und renne raus in den tobenden Sturm, der mir augenblicklich jeglichen Atem aus den Lungen presst.

Mein erster Impuls ist, in mein Auto zu springen, doch die Chance wird mir gleich zweifach verbaut. Zum einen habe ich den Schlüssel drinnen gelassen, zum anderen steht Kellans Auto direkt vor der Hütte und blockiert somit die Zufahrt.

War ja klar.

Ich schreie erstickt auf, doch der Laut wird vom Heulen des Sturms verschluckt. Der Schnee fühlt sich wie scharfe Nadelstiche auf meiner Haut an. Natürlich trage ich weder Mütze noch Schal, auch keine Handschuhe. Alles ist in der Hütte. Doch dort ist auch Kellan, und er hat mir mehr als deutlich gemacht, dass ich nicht erwünscht bin. Als dieses Mal Tränen in mir aufsteigen, kämpfe ich nicht dagegen an. Bitter laufen sie mir aus den Augen, brennen sich einen Weg über meine kalten Wangen, fallen wie glitzernde Eistropfen hinab.

Ich zögere nur wenige Sekunden, ehe ich meine Schritte Richtung Lichtung lenke. Dort wird der Waldbestand dichter, die Schneedecke höher. Mühsam kämpfe ich mich durch die Verwehungen, spüre, wie mir schon jetzt die schwere Kälte in die Kleidung zieht und meine Glieder betäubt. Es ist riskant, was ich hier tue, riskant und dumm. Die Vernunft wird lauter, aber noch schreit meine Wut dagegen an. Wie kann er es wagen? Wie kann er mich so herablassend behandeln und dann auch noch von meinem Ex anfangen? Er kennt mich nicht! Weiß nicht, wieso ich hier bin und nicht bei Leif, wieso ich …

Ein erstickter Schrei entkommt mir, als ich plötzlich im Schnee absacke. Scheiße! Offenbar habe ich unterschätzt, wie schnell das Gelände abfällig wird! *Bitte nicht*, ist alles, was ich noch denken kann.

Dann geht es schon abrupt bergab.

4
Kellan

Ich starre auf die Tür, in der vollen Erwartung, dass Marie jeden Moment fluchend und durchgefroren zurückkommt.

Aber sie tut es nicht.

Die Minuten ticken herunter, und ich spüre, wie ich unruhig werde. Draußen tobt ein echtes Mistwetter. Niemand sollte sich so lange dort aufhalten, erst recht, wenn er so aufgewühlt ist. Mein Blick flackert von der Tür zur Garderobe, wo noch ein dicker Wollschal hängt, ich zögere … dann fluche ich lautstark los. Diese Frau holt sich da draußen noch eine Lungenentzündung!

Obwohl ich eigentlich gar nicht dazu in der Stimmung bin, laufe ich zur Garderobe, um in meine Schuhe zu schlüpfen, und schnappe meinen Autoschlüssel. Im letzten Moment greife ich nach ihrem Schal. Meine Jacke liegt nach wie vor im Auto, so ein verdammter Mist. Sie wird arschkalt sein. Aber was soll ich tun?

Wütend über diese Melodramatik stelle auch ich mich dem pfeifenden Sturm. Es ist noch viel schneidender draußen als erwartet. Laut schimpfend zerre ich meine Jacke von der Rückbank und schlüpfe hinein, dann ziehe ich die Wollmütze über den Kopf.

Die Sicht ist desaströs; der Schnee so dicht, dass ich kaum zwei Meter weit blicken kann. Dennoch erkenne ich die Schneise von Spuren, die sie hinterlassen hat. Im ersten Moment erleichtert darüber, dass sie nicht Richtung Straße gelaufen ist, erfüllt mich sogleich Unbehagen. Sie hat sich direkt zum Abhang bewegt. Sie wird doch wohl nicht …

»Fuck. *Marie?*« Brüllend rufe ich nach ihr, erhalte aber keine Antwort. Nichts als das Pfeifen des Windes dringt an meine Ohren. Als wären wir die letzten Menschen auf der Welt, als würde es niemanden geben außer uns – und diesen gottverdammten Sturm.

»Marie!« Ich brülle erneut, obwohl ich mir den Atem sparen kann. Eiskristalle peitschen mir entgegen, verfangen sich an jedem freien Stückchen Haut. Es ist so arschkalt und ungemütlich, dass ich am liebsten umkehren würde. Aber ich fühle mich zumindest ein winziges Bisschen verantwortlich dafür, dass sie verschwunden ist. Dieser kleine Moment puren Schmerzes in ihren Augen, ehe sie sich abgewandt hat und davon gestürmt ist – ich habe ihn gesehen. Nur allzu deutlich.

Er hat sich direkt in mein Gedächtnis gebrannt.

Mühsam kämpfe ich gegen den Wind an, folge den deutlichen Spuren über die Lichtung schräg rüber in Richtung Abhang. Auch wenn alles meterhoch mit Schnee bedeckt ist, ich kann mich hier oben praktisch blind bewegen – kann die Lage ausreichend einschätzen, um zu wissen, dass ich exakt das niemals tun sollte. Mein Herz sackt ab, als ich sehe, dass sich die Spur nach wie vor direkt auf den Abhang zubewegt.

»Marie?«

Ich werde schneller, plötzlich erfüllt von nervöser Anspannung. Das Atmen fällt mir schwer, keuchend arbeite ich gegen den Druck auf meiner Brust an, während ich der Spur folge, bis sie plötzlich breiter wird und der Boden unter mir abschüssiger ...

Und dann sehe ich sie.

Bestimmt zehn Meter unter mir hebt sich ihre dunkle Jacke deutlich vom Schnee ab, direkt zwischen zwei eng stehenden Fichten. Die Gestalt, unbestreitbar Marie, rührt sich nicht.

Eine Reihe von Flüchen entkommt mir, während ich mich halb stolpernd, halb rutschend an den Abstieg mache. »Marie«, rufe ich erneut, doch sie reagiert nicht.

Jetzt erfasst mich regelrechte Angst.

Innerhalb weniger Sekunden habe ich sie erreicht; hier wird der Hang immer abschüssiger, aber die Schneemassen bremsen mich aus. Atemlos falle ich neben ihr auf die Knie, zerre an ihrem Arm – im selben Moment, als sie ein lautes Stöhnen von sich gibt.

Ich zucke heftig zusammen.

Mein Herz donnert in der Brust, mir ist schwindelig vor Anspannung und Erleichterung, doch gleichzeitig erfasst mich auch Wut. Die flacht jedoch sofort wieder ab, als Marie sich mühsam aufrappelt und ich einen kleinen, roten Fleck im Schnee entdecke.

Blut.

Scheiße! Eilig lasse ich meinen Blick über ihr Gesicht gleiten und entdecke eine blutige Stelle an ihrer Stirn. Nicht gerade riesig, aber dennoch. »Halt still!«, herrsche ich sie an, aus Angst, dass sie sich schlimmer verletzt haben könnte, doch sie hört nicht auf mich, kommt schwankend zum Stehen, stützt sich dabei an einem der Stämme ab und wirkt, als bräuchte sie einiges an Kraft, um mich zu fokussieren. Ihre Lippen sind mittlerweile blau.

Ich keuche auf.

Eilig wickle ich den Schal um ihren Hals, doch es scheint nicht, als würde es sie erleichtern; im Gegenteil. Erschrocken bemerke ich, wie Tränen aus ihren Augen fließen. Das Blut an ihrer Stirn scheint zum Glück wirklich nur von einer kleinen Schürfwunde zu stammen, mehr als ein paar Tropfen kann ich nicht ausmachen. Dennoch umfasse ich ihr Kinn und ziehe sie näher, um die Verletzung zu betrachten. Sie atmet scharf ein, ich erleichtert aus. Es wirkt nicht dramatisch.

Trotzdem ...

»Was hast du dir dabei gedacht?«, fahre ich sie an, gleichermaßen hilflos, beunruhigt und erleichtert.

»Lass mich in Ruhe«, erwidert sie so schwach, dass ich bellend auflache.

»Und dann stürzt du dich die gesamte Flanke hinunter, oder was?«

Ich kann mir nur ausmalen, was passiert ist. Vermutlich hat sie den Halt verloren. Gemessen an der Schneise ist sie hier heruntergerutscht und wurde von den Bäumen gebremst. Zum Glück. Wenn sie nur einen Meter weiter rechts abgerutscht wäre ... es hätte noch deutlich weiter bergab gehen können. Dieser Gedanke lässt mich zutiefst erschaudern.

Wieder umfasse ich ihr Gesicht und starre ihr konzentriert in die Augen; immer auf der Suche nach Anzeichen von Schwindel oder Schwäche. »Kannst du gehen?«

»Natürlich«, erwidert sie schnippisch, reißt sich los – und verliert gleich wieder den Halt.

Ich stöhne ungehalten auf. »Komm.« Ohne auf ihren Widerspruch zu reagieren, schlinge ich meinen Arm um ihre Taille. Sie ist über und über mit Schnee bedeckt und zittert; ob vor Kälte, Schmerz oder aufgrund meiner Berührung kann ich nicht sagen.

Gemeinsam machen wir uns an den Aufstieg. Es ist mühsamer als gedacht, vor allem, weil Marie ständig wegrutscht. Meine Sorge wächst an; was, wenn sie sich eine Gehirnerschütterung zugezogen hat? Ich beginne bereits zu planen, sie ins nächstgelegene Krankenhaus zu fahren. Nicht gerade ein Spaß, bei diesem Wetter die ungeräumte Bergstraße fahren zu müssen, aber es sollte machbar sein, mit meinem SUV jedenfalls.

Als wir das Plateau erreichen, bin ich trotz der schneidenden Kälte durchgeschwitzt. Stress und Adrenalin feuern durch meine Adern. Welch Ironie, dass ich hier eigentlich Ruhe angestrebt habe, nun aber das genaue Gegenteil erlebe. *Ich darf nicht zu hart zu ihr sein*, rufe ich mir ins Gedächtnis. Das hat sie überhaupt erst verjagt. Der Schneesturm scheint intensiver zu werden, oder vielleicht bin ich einfach schon zu durchgefroren und erschöpft, um den Elementen noch etwas entgegensetzen zu können. Als wir endlich die Hütte erreichen, keucht nicht nur Marie lautstark. Mit letzter Kraft wuchte ich sie durch die Tür, knalle sie hinter uns ins Schloss. Augenblicklich umfängt uns Hitze. Es fühlt sich an, als würde ich in Flammen aufgehen. Stöhnend und schwitzend schäle ich mich aus Jacke und Schuhen; Marie tut es mir gleich, allerdings gerät sie dabei gefährlich ins Schwanken. Einmal mehr muss ich sie stabilisieren, was ihr ein unwilliges Fauchen entlockt. Mir reißt endgültig der Geduldsfaden.

»Was sollte der Scheiß?«

Sie erstarrt, wendet sich mir langsam zu. Noch immer sind ihre Lippen bleich, wenn auch nicht mehr so blau wie zuvor, außerdem ist ein weiterer Blutstropfen dem Kratzer entwichen und hat sich einen Weg ihre Schläfe hinab gebahnt. Kräftige rote Flecken bedecken ihre ansonsten bleichen Wangen und in ihren Wimpern kleben geschmolzene Schneeflocken – oder Tränen. »Du wolltest doch, dass ich abhaue«, gibt sie erstaunlich leise zurück, so als wäre jegliche Energie verbraucht.

Ich starre sie an. »Aber doch nicht so!« Aufgebracht fahre ich mir durchs Haar. »Da draußen geht die Welt unter und du bist beinahe den verdammten Berg heruntergerutscht. Weißt du eigentlich, was dir hätte passieren können?« Ich halte inne. »Tut dir sonst noch etwas weh? Hast du Schmerzen?«

»Sonst noch etwas?« Ihre Augen weiten sich – und als

würde sie erst jetzt spüren, dass sie sich den Kopf gestoßen hat, fasst sie sich an die Schläfe. »Au.«

Dieses Gefühlschaos! Obwohl ich wütend und aufgebracht bin, wächst jetzt wieder die Sorge. Einmal mehr schlinge ich meinen Arm um ihre Taille und führe sie zum Sofa. Wir hinterlassen eine feuchte Spur; Schnee schmilzt und tropft von unserer Kleidung. Marie erschaudert erneut. Plötzlich kommt sie mir winzig vor. Winzig und zerbrechlich.

Und beinahe wäre sie wegen mir den Hang hinabgestürzt!

Als würde mir erst jetzt das gesamte Ausmaß der Situation bewusst werden, erfasst mich der Schock wie ein Vorschlaghammer. Meine Knie zittern, aber ich schaffe Marie zunächst auf das Sofa, wo sie stöhnend hinabsinkt.

»Zieh die nassen Sachen aus«, fordere ich sie rau auf. »Ich hole Wechselkleidung.«

»Das kann ich selber«, piepst sie, aber ich bringe sie mit einem einzigen Blick zum Verstummen.

»Zieh dich aus.« Eilig lege ich zwei große Scheite nach, um die Flamme anzuheizen, und jogge dann die Treppe hinauf in den ersten Stock. Zunächst mache ich einen Abstecher in mein Zimmer, um die feuchte Jeans gegen die Jogginghose von heute Nacht einzutauschen. Noch immer zittere ich am ganzen Körper. Abgesehen von dem klaren Schock friere ich, die feuchte Kälte scheint bis auf meine Knochen durchgedrungen zu sein. Immerhin ist mein Pulli noch trocken.

Eilig stürme ich rüber in Maries Zimmer, wo offenbar eine Bombe explodiert ist. Überall liegen Klamotten herum. Ich greife nach dem Erstbesten, der dicken Wollleggings von heute Morgen und einem weich aussehenden Strickpullover. Ob sie auch trockene Unterwäsche braucht?

Eilig schiebe ich den Gedanken beiseite, beschließe,

dass es so reichen muss, und verlasse ihr Zimmer, um nach unten zu laufen. Insgesamt habe ich nicht einmal eine Minute gebraucht.

Marie sitzt noch immer in ihren feuchten Sachen auf der Couch – oder nein. Sie ist auf den Boden gerutscht. Im ersten Moment befürchte ich, sie könnte ohnmächtig geworden und deshalb vom Sofa gefallen sein, doch als ich näher komme, wendet sie sich mir zu. Sie wirkt verängstigt und durcheinander.

Wegen mir?

»Hier.« Aufgewühlt werfe ich ihr die Sachen entgegen. Sie hebt zwar ihre Hände, greift aber daneben, sodass die Klamotten ein Stück weit entfernt neben ihr auf den Boden klatschen. Ungelenk krabbelt sie zu ihnen, wirft mir einen Blick unter hochgezogenen Augenbrauen zu. Es braucht einen Moment, ehe ich kapiere, dann verdrehe ich die Augen und wende mich demonstrativ ab. Ein paar Sekunden stehe ich da, mustere die Wand, ehe ich beschließe, mich stattdessen nützlich zu machen und uns Tee zu kochen. Zwar gehöre ich definitiv zur Fraktion Kaffee, aber in diesem Moment kommt mir Tee irgendwie ... sinnvoller vor.

Als ich die Schränke aufreiße, um das obligatorische Päckchen Pfefferminz oder Kamille zu suchen, das sich in jedem Haushalt irgendwo befindet, staune ich nicht schlecht über die Mengen an Nudeln und Fertigsoßen, die bei meinem letzten Besuch noch nicht da waren. Neugierig geworden, reiße ich auch den Kühlschrank auf – und lache los. Das hat beinahe studentische Ausmaße. Grinsend beäuge ich Maries Einkäufe, die so weit entfernt von gesund sind, dass mir ein Spruch auf den Lippen liegt. Nur im letzten Moment kann ich ihn mir verkneifen. Ich habe sie bereits genug gereizt und gerade ist sie zehn Meter in die

Tiefe gestürzt. Da hat sie ein wenig Taktgefühl verdient. Zumindest vorerst.

Ich wage einen Blick in ihre Richtung. Offenbar hat sie es geschafft, ihre feuchten Sachen gegen die anderen einzutauschen. Sie sitzt auf dem Teppich direkt vor dem Kamin, eine Wolldecke über die Schultern gelegt. Selbst von hier aus sehe ich, dass sie zittert. Ob sie sich ernsthafter verletzt hat? Sollte ich sie doch einpacken und sicherheitshalber ins Krankenhaus fahren?

Unschlüssig durchsuche ich erneut die Schränke – und werde endlich fündig. Voilà, Tee. Immerhin marokkanische Minze, also das kleinste Übel. Eilig fülle ich den Wasserkocher und warte darauf, dass er seinen Job erledigt. Dabei lasse ich Marie nicht aus den Augen.

Als ich kurze Zeit später mit zwei dampfenden Bechern zu ihr schlendere, hat sie sich noch immer keinen Zentimeter bewegt. Erinnerungen an den Anblick ihrer zusammengesackten Gestalt am Hang unter mir fluten mein Gedächtnis. Dieses Mal verspüre ich keine Wut, nur Erleichterung. Es hätte so verdammt viel schlimmer ausgehen können! Ohne nachzufragen, ob es okay für sie ist, sinke ich neben sie auf den Teppich. Marie wirft mir einen kurzen Blick zu, er ist undeutbar. Immerhin sind ihre Lippen nicht mehr blau.

»Hier.«

Sie zieht eine ziemlich niedliche Schnute. »Ich hasse Tee.«

Ich lache auf. »Sorry, aber Kakao ist gerade aus. Trink, er wird dir gut tun.«

Trotz ihres Protests nimmt sie den Becher bereitwillig entgegen. Unsere Fingerspitzen berühren sich; ich spüre, wie ein heftiges Kribbeln durch meinen Arm zuckt. Überrascht lasse ich beinahe zu früh los, dann suche ich erneut ihren Blick. Es scheint, als hätte auch sie es bemerkt. Ihre Lippen stehen einen Spalt offen, sie wirkt verwirrt.

Eilig wende ich mich ab.

Dann herrscht vorerst Schweigen. Der Kamin feuert unermüdlich, vertreibt die feuchte Kälte aus meinen Knochen. Der Sturm jault, doch im Vergleich zu vorher kommt er mir nicht mehr gemütlich vor, sondern wie eine Bestie, die nur darauf wartet, uns erneut in ihre Klauen zu bekommen.

Marie war wegen mir dort draußen! Nur, weil ich meine miese Laune nicht unter Kontrolle halten konnte!

»Danke«, murmelt sie plötzlich, so verschwindend leise, dass ich sie fast nicht verstehe.

Ich starre sie erstaunt an. »Was? Wofür?«

»Dass du mir gefolgt bist.« Sie scheint mit den Worten zu kämpfen. »Obwohl ... du mich nicht hier haben willst.«

Mein Atem stockt. Da ist sie wieder, die Wut, allerdings richtet sie sich nun gegen mich. »Es stimmt, ich habe nicht damit gerechnet, dass du hier bist. Aber ich will doch nicht, dass du einfach in diesen Sturm hinaus rennst. Verdammt, Marie!«

Sie blickt mich an, schüchtern und zurückhaltend. Mich trifft Erkenntnis wie ein Schlag: Sie ist *schön*.

Keine Ahnung, wieso mir das ausgerechnet jetzt auffällt. Ich habe sie oft genug gesehen, und nie ist mir dieser Umstand so bewusst gewesen wie jetzt, da sie neben mir sitzt, mit geröteten Wangen und bleichem Dreieck um Nase und Mund, mit feuchten Strähnen und eingehüllt in die plüschige, graue Wolldecke, die es bereits länger gibt, als ich denken kann. Ihre Haut wirkt zart, beinahe durchscheinend, und ihre Augen sind von einem so dunklen Blau, dass es mich beinahe an den Nachthimmel erinnert. Sie wirkt so zerbrechlich und zerrissen, dass ich unwillkürlich einen heftigen Schmerz in der

Brust verspüre und mich frage, inwieweit ich Schuld daran trage.

Das wilde Gefühlschaos, das immer mehr überhandnimmt, seit sie mich mit einem Buch verdroschen hat, wird mir zu viel.

Plötzlich wird mir bewusst, dass noch immer Blutstropfen auf ihrer Stirn kleben. Ich springe auf, befeuchte ein Küchentuch mit warmem Wasser und kehre zu ihr zurück, ehe sie auch nur ein Wort gesagt hat. »Halt still«, raune ich ihr zu; meine Stimme zittert. Sie schließt die Augen, jeglicher Widerstand mir gegenüber scheint in sich zusammengefallen zu sein. Ich schlucke fest. Vorsichtig tupfe ich über den Kratzer an ihrer Stirn. Sie zuckt leicht zusammen. »Tut es sehr weh?«

»Nein«, murmelt sie schwach. »Geht schon.«

»Hast du Kopfschmerzen? Schwindel? Übelkeit?«

»Nein. Alles in Ordnung.«

»Wie viele Finger siehst du?«

Ihre Augen fliegen auf, huschen über meine erhobene Hand. Sie rümpft die Nase, wodurch eine niedliche kleine Falte auf ihrer Stirn erscheint. »Zwei. Außerdem heiße ich Marie, wir haben den siebzehnten Dezember und ich bin seit gestern hier. Ach so, ich hatte gestern Nudeln und Wein und heute Morgen Kaffee und Tee. Und du gehst mir auf die Nerven.«

Ich lache auf; erleichtert über ihre patzige Reaktion, die mir deutlicher als alles andere versichert, dass es ihr wirklich einigermaßen gut geht. »Also hattest du wohl Glück.«

»Im Unglück, was?«, erwidert sie, ein offensichtlich schwacher Versuch zu scherzen.

Ich bin dann wohl ihr Unglück? »Sozusagen«, brumme ich, ehe ich mich abrupt abwende. Dieser Gedanke trifft mich überraschend hart. Was zur Hölle?

Ich schlucke fest, den Blick auf das prasselnde Feuer

gerichtet. Wenn ich damit doch nur die plötzliche Hitze in meinen Wangen erklären könnte. Aber ich weiß es besser. Nur macht mich das nicht gerade schlauer. Seit heute Morgen erlebe ich ein Wechselbad der Gefühle, und offenbar habe ich soeben eine neue Haltestelle erreicht.

Mein Herz rast, während ich versuche, mich an die Erkenntnis zu gewöhnen. Von purer Ablehnung zu ... ja, was eigentlich?

Darüber muss ich erst einmal nachdenken.

5 Marie

Kellan lässt mich nicht aus den Augen. Den ganzen Tag über spüre ich seine Blicke. Sobald ich stöhne oder auf andere Weise deutlich mache, dass ich mich unwohl fühle, spannt er sich an. Wenn ich mich von der Couch entferne, bleibt auch er nicht lange an Ort und Stelle. Die Hütte ist echt nicht groß, und doch schafft er es, mir das Gefühl zu vermitteln, als könnte ich mich irgendwo zwischen Küche, Wohnraum und Schlafzimmer verlaufen und erneut irgendeinen Unfall bauen, sollte er nicht in meiner Nähe sein.

Es zerrt an meinen Nerven. Insbesondere, weil er eigentlich kaum mit mir redet. Er sitzt da in seinem dunklen Pulli und mit der dunklen Hose, mit seinen schwarzen, wilden Locken und den stechend blauen Augen und wirkt wie ein ins Negativ gekehrter Schutzengel. Einer von der ganz bösen Sorte.

Und gleichzeitig scheint es, als würde er das gar nicht wollen.

Groß-art-tig.

Ich kapiere ihn nicht. Verstehe nicht, wieso er mir gegenüber so ablehnend reagiert hat und dann so übertrieben beschützend, nachdem ich so blöd war, den Abhang hinunterzurutschen. Mein Kopf pocht, aber das verrate ich ihm nicht, weil ich nicht ausschließen kann, dass es einzig eine Reaktion auf die Flasche Rotwein von gestern ist. Vielleicht auch eine Mischung aus beidem: Kater und angestoßener Kopf. Ich verstehe seine Bedenken, aber da ich weder

Übelkeit noch Schwindel verspüre, denke ich, an einer Gehirnerschütterung vorbeigeschrammt zu sein.

Es hätte so viel schlimmer kommen können.

Ich erschaudere.

»Alles okay?«

Einmal mehr hat er mein Zaudern bemerkt, nur spricht er mich jetzt direkt an. Ich wende mich ihm zu und sehe, wie sein intensiver Blick auf mir ruht. »Alles okay«, erwidere ich schwach, kann jedoch nicht verhindern, dass meine Stimme zittert. Schon springt er auf, und ehe ich mich versehe, sinkt er neben mir auf das Sitzpolster und legt seine Haut auf meine Stirn. Sie ist kühl.

»Du glühst ja förmlich«, murmelt er. »Hast du Fieber?«

»Mir ist einfach nur warm«, erwidere ich knapp und versuche, mich aus seinem Griff zu winden. Ohne Erfolg.

Er seufzt leise auf, ehe er mich schließlich freiwillig freigibt.

Wir starren einander an.

»Ich sollte dich doch ins Krankenhaus bringen.«

»Sollst du nicht!« Wütend springe ich auf. Gott, wenn dieser verdammte Sturm nicht wäre, würde ich mich selbst ins Auto setzen und davonfahren – wenn auch nicht ins Krankenhaus, sondern in irgendeine Pension, irgendwo hin, nur weg von hier. In Selbstmitleid kann ich auch woanders versinken. Aber mein kleiner Fiat hat dem Wetter nichts entgegenzusetzen, und außerdem bezweifle ich, dass Kellan mir aktuell den Weg räumen würde. Ich sitze hier also fest. Ganz toll.

»Wo willst du hin?«

Er klingt so herrisch! Am liebsten würde ich ihn ignorieren, doch ich ahne, dass er das sowieso nicht zulassen wird, also halte ich noch einmal inne. »Ich werde baden. Vielleicht kann ich mich ja in der Wanne entspannen.« *Alleine. Ohne deine Blicke.* Aber das erwähne ich nicht.

»Hältst du das für eine gute Idee?« Schon ist auch er wieder auf den Beinen. »Was, wenn dir doch schwindelig wird? Wenn du ohnmächtig wirst?«

»Kellan – stopp!« Bis hierhin und nicht weiter. Gereizt kneife ich mir in die Nasenflügel. »Ich bin einen Abhang heruntergerutscht, ja! Das war ein Schock, aber abgesehen von dem kleinen Kratzer geht es mir gut. Ich brauche nur eine kleine Auszeit, okay? Ein wenig Ruhe. Ich werde schon nicht ertrinken!«

Eine Weile lang messen wir uns mit Blicken. Er ist der Erste, der sich abwendet; ich sehe einen überraschend harten Zug um seine Mundwinkel, er scheint wirklich angespannt zu sein. Aber warum?

»Wieso?«, flüstere ich, ehe ich es verhindern kann. »Wieso findest du mich eigentlich so schrecklich?«

Er wird völlig regungslos. Nur ganz langsam hebt er seinen Blick. Einmal mehr brennen seine Augen, doch dieses Mal wirkt es anders. »Ich finde dich nicht schrecklich, Marie. Das ist doch irrsinnig. Ich …«

Ehe er etwas aussprechen kann, das ich nicht hören will, schüttle ich heftig den Kopf, ignoriere das Dröhnen, das deshalb in mir wütet. Als er zögert, wende ich mich endgültig ab und renne die Treppe hinauf; verwirrt, aufgewühlt und völlig fertig mit den Nerven.

❄

In der Wanne entspanne ich mich schlussendlich zum ersten Mal an diesem Tag. Ich habe immer etwas von meinem Lieblingsbadezusatz in meinem Kulturbeutel, weshalb ich jetzt in behaglich bekannten Schaumblasen verschwinde. Dass ausgerechnet Kellan dort draußen irgendwo sitzt, versuche ich auszublenden.

Kellan.

Ich kann nicht abstreiten, dass er total sexy ist. Insbesondere, wenn er so düster guckt. Es fällt mir schwer, zuzugeben, dass ich das anziehend finde. Eigentlich dachte ich immer, ich mag mehr den anderen Typ Mann: harmlos, blond, ein typischer Denker. Nicht, dass ich Kellan als dumm bezeichnen würde. Ich weiß, dass er bei der Polizei ist, dass er ordentlich was auf dem Kasten hat ebenso. Kira erzählt oft von ihm. Aber ich verstehe seine Ablehnung nicht, ebenso wenig wie seine seltsame Überfürsorge, die er an den Tag legt, seit wir wieder zurückgekehrt sind. Am liebsten würde ich vor Scham im Boden versinken, wenn ich daran denke, wie kopflos ich heute Vormittag davongerannt bin.

Der Sturm draußen scheint langsam abzuflauen, aber ein Blick nach draußen hat mir vorhin offenbart, dass nochmal einiges an Schnee dazugekommen ist. Unfassbar, wie heftig dieser Wintereinbruch uns überrascht hat. So schwer es mir auch fällt, aber langsam muss ich mir eingestehen, dass Kellan und ich vermutlich erst einmal hier festsitzen. Zusammen.

Das kann ja heiter werden.

Gerade beschließe ich, unterzutauchen und meine Haare zu waschen, als mein Handy vibriert. Es liegt auf der Toilette schräg hinter mir. Einen Moment lang ziehe ich in Erwägung, es zu ignorieren, recke mich dann aber doch, um danach zu greifen.

Kira ruft an. Verdammt. Mit dem sinkenden Gefühl, keine Wahl mehr zu haben, nehme ich den Anruf an. »Ja?«

»Gott sei Dank, dir geht es gut!« Kira klingt völlig von der Rolle. »Du blöde Kuh!«

»Was?« Erstaunt reiße ich die Augen auf.

»Bist du in der Wanne? Nackt? Ist noch alles dran?«

»Kira!« Ich pruste los, gefangen zwischen Unglaube und

Belustigung. »Alles dran, ja. Und ich bin nackt. Normalerweise gehe ich nicht in Klamotten baden.«

»Aber mein Bruder ist da!«

Ah. Daher weht der Wind. Ich seufze auf. »Ja, und das heißt wohl, dass du Bescheid weißt.«

»Über alles«, erklärt sie dramatisch. Dann seufzt auch sie. »Wieso bist du den Hang runtergerutscht? So kenne ich dich gar nicht.«

»So unvorsichtig? Melodramatisch?«

»So kopflos. Hat es mit Leif zu tun?«

Oh Gott. Ich kneife die Augen zusammen, kann aber nicht verhindern, dass die Tränen wieder überfließen. Verdammt. Der Tag heute war so ereignisreich, dass ich fast vergessen habe, wieso ich überhaupt hier bin.

»Süße …«

»Wir haben uns getrennt«, presse ich hervor, ehe ich einen Rückzieher mache. »Und ich will nicht darüber reden, okay? Noch nicht.«

Kira atmet scharf ein. »Soll ich kommen?«

Ich pruste los. »Hat Kellan dir nicht die ganze Geschichte erzählt? Hier geht gerade die Welt unter. Bleib du mal schön, wo du bist. Ich haue ab, sobald sich die Lage entspannt.«

Kira wirkt alles andere als zufrieden. Ich höre, wie es im Hintergrund knallt, als würde sie gegen etwas treten. »Dann kommst du aber auf direktem Weg zu mir und bekommst den Mädelsabend, der dir in einer solchen Situation zusteht.«

Ich kneife die Augen zusammen, überwältigt von Emotionen. »Mit Glühwein?«

»Und Spekulatius. Und Schokolade. Und ganz viel Tratsch.«

»Das klingt traumhaft«, bringe ich erstickt hervor. »Kira …«

»Ich weiß. Du willst jetzt nicht darüber reden. Du badest. Nur eine Sache noch: Nimm es Kel nicht übel, dass er so reagiert hat. Er hatte ein paar harte Wochen und hat darüber hinaus nicht mit dir gerechnet.« Sie pausiert kurz. »Er macht sich schon genug Vorwürfe. Eigentlich ist er gar nicht so übel, weißt du?«

Ich seufze erschöpft. »Das musst du sagen, er ist immerhin dein Bruder.«

»Und du meine beste Freundin. Glaub mir, ich würde anders reagieren, wenn ich Zweifel daran hätte, euch unter einem Dach zu wissen. Sei nachsichtig. Er ist wirklich ganz okay.«

»Alles klar, Kira.« Das letzte, was ich jetzt will, ist mit ihr über die Vorzüge ihres Bruders zu diskutieren. Mindestens genauso wenig wie über Leif. »Wir schreiben, okay?«

»Wir schreiben. Und achte auf dich. Sollte doch noch etwas weh tun …«

»Kira!« Gereizt lege ich auf. Ja, eindeutig. Die zwei sind Geschwister. Energisch werfe ich das Handy aufs Klo, wo es etwa einen Millimeter vor dem Rand liegen bleibt. Dann tauche ich mit einem lauten Platschen unter.

❄

Als ich eine halbe Stunde später langsam die Treppe hinab ins Erdgeschoss schreite, entdecke ich als erstes Kellan, der ausgestreckt auf dem Sofa liegt und so tut, als würde er in einer Zeitschrift blättern. Wieso er offensichtlich nur so tut? Er hält sie verkehrt herum. Kiras Worte noch im Ohr, muss ich mir ein Grinsen verkneifen. Vielleicht sollte ich einmal den Reset-Knopf drücken, unsere blöde Begegnung am Morgen ausbügeln und von Neuem anfangen.

Entschlossen marschiere ich zu ihm. Dass er mich in Wahrheit beobachtet, merke ich daran, wie eilig er sich aufrappelt. Ich lasse mich neben ihm auf die Couch fallen und recke ihm meine Hand entgegen. »Hey, Kellan. Wie schön, dass du auch hier bist. Ich bin Marie.«

Er starrt mich an, als wäre ich eine Erscheinung.

Ich muss kichern. »Nein, keine Sorge. Das ist keine Auswirkung des Sturzes. Ich dachte nur einfach ... wenn wir schon hier gemeinsam festsitzen, könnten wir doch zumindest versuchen, miteinander klarzukommen.«

Ich weiß nicht, ob es das am besten trifft, aber seine Miene scheint irgendwie weicher zu werden. Mit etwas Verspätung ergreift er meine Hand und schüttelt sie warm und fest, genau richtig. Plötzlich spüre ich wieder dieses seltsame Kribbeln, das mich heute schon einmal überkommen hat, als wir einander berührt haben; es schießt meinen Unterarm hinauf und lässt mich leise aufstöhnen.

Augenblicklich lässt er mich los, als hätte er meine Reaktion richtig gedeutet. Erstaunlicherweise breitet sich eine feine Röte auf seinem Gesicht aus. Mein Puls beschleunigt sich. Ich springe eilig auf die Beine. »Also mir ist jetzt nach Kaffee und Keksen. Wie sieht es bei dir aus?«

Er mustert mich verhalten, beinahe verwirrt, dann jedoch erhellt ein Lächeln seine Miene. Das erste Echte, wie mir scheint. Augenblicklich wirkt er nicht mehr düster, sondern einfach nur jungenhaft-attraktiv. »Kaffee und Kekse? Klar, bin dabei.«

Großer Gott, wieso muss er nur so gut aussehen?

Gemeinsam gehen wir in die Küche. Während Kellan Kaffee aufsetzt, wühle ich in den Schränken, bis ich meine liebste Sorte gefunden habe: Doppelkekse. Sie rangieren knapp vor den Cookies mit Nougatfüllung und dem guten alten Gewürzspekulatius. Um mir eine Aufgabe zu geben, arrangiere ich ein paar auf einem Teller, anstatt die ganze Rolle zum Tisch zu tragen, und weil ich es gut meine, verteile ich auch ein paar Eiskonfekte dazwischen. Kellan beäugt mich genau, verkneift sich aber jeglichen Kommentar. Sein Glück.

Bis wir uns einander am Tisch nahezu förmlich gegenüber sitzen, sprechen wir kaum ein Wort. Dann fällt mein Blick zum Fenster. Es wird bereits wieder dunkel draußen, falls es denn überhaupt je richtig hell geworden ist. Kellan folgt meinem Blick, dann greift er kurz nach meiner Hand.

»Wir sind hier sicher. Selbst wenn der Strom ausfällt, haben wir den Generator. Und einen Haufen Holz.«

Mein Blick schießt zum Kamin; erst jetzt fällt mir auf, dass er unseren Vorrat aufgestockt hat. »Du warst draußen?« Am Carport befindet sich ein kleiner Schuppen, der bis obenhin vollgestopft ist mit Holzscheiten.

Er zuckt mit den Schultern, als wäre es keine große Sache. »Klar. Ehe wir nochmal rausmüssen, wenn es stockdunkel ist ...«

Keine Ahnung wieso, aber diese Geste berührt mich. Ich versuche, mir meine seltsame Verwirrung nicht allzu deutlich anmerken zu lassen, aber es scheint, als würde es mir nicht recht gelingen. Kellans Augenbrauen wandern in die Höhe.

»Du hast Kira Bescheid gesagt«, entfährt es mir eine Spur zu vorwurfsvoll.

Kellan lacht leise auf. »Das stimmt. Hätte ich es für mich behalten sollen?«

»Sie hat sich Sorgen gemacht!« Ich funkle ihn an. »Vielleicht hättest du es ihr nicht so brühwarm unter die Nase reiben sollen, kaum dass ich oben war.«

Er verdreht die Augen. »Sie hat mich angerufen, nicht andersherum. Und entschuldige bitte, aber du hast nicht gesagt, dass dein Aufenthalt ein Geheimnis ist.«

Ich seufze. »Schon gut. Ich hätte es ihr auch noch erzählt ...«

»Hey.« Erneut greift er nach meiner Hand; seine Stimme

ist ernst geworden. Ich wage es kaum, seinem Blick zu begegnen. »Wieso bist du wirklich hier?«

Trotzig recke ich das Kinn. Auf gar keinen Fall will ich ihm jetzt meine Lebens- und Leidensgeschichte auftischen. »Ich brauche eine kleine Auszeit. So wie du, oder nicht?«

Man sieht ihm deutlich an, dass er mir nicht glaubt; zumindest fragt er sich weiterhin, welcher Grund wirklich hinter meiner Anwesenheit steckt. Aber er hakt nicht nach – und ich führe es nicht weiter aus. Manche Dinge muss man nicht vor jedem ausbreiten.

Und meine gescheiterte Beziehung gehört definitiv dazu.

6
Kellan

Langsam frage ich mich ernsthaft, ob ich derjenige bin, der auf den Kopf geknallt ist, nicht sie. Nach meiner Erkenntnis am Kamin hätte man meinen können, dass ich vorbereitet bin, doch als sie nach ihrem Bad wiederkam, traf es mich erneut wie ein Blitz. Ich weiß nicht, ob es daran liegt, dass ich sie in der Anwesenheit ihres Mackers anders wahrgenommen habe, oder ob dort draußen im Sturm wirklich etwas durcheinandergeraten ist, aber ich sehe sie plötzlich mit anderen Augen. Zum Beispiel ist da dieser traurige Glanz in ihrem Blick. Oder ihre Zierlichkeit, die nun, da sie wieder Leggings und ein übergroßes Shirt trägt, nur unterstrichen wird. Von ihrer weichen Haut, ihren zart geröteten Wangen und ihrem süßen, weiblichen Geruch fange ich gar nicht erst an.

Ich spüre, wie die Müdigkeit überhandnimmt, während ich ihr gegenübersitze und an meinem Kaffee nippe. Die Nacht war kurz, dafür die Aufregung am Morgen und Vormittag umso heftiger. Immer wieder kreisen meine Gedanken um ihre Worte.

Wenn wir schon hier gemeinsam festsitzen, könnten wir doch zumindest versuchen, miteinander klarzukommen.

Kombiniert damit, dass sie mich schon zweimal gefragt hat, wieso ich sie nicht leiden kann, fühle ich mich plötzlich wie ein arrogantes Arschloch, das sie zu unrecht verurteilt hat. Und das gefällt mir gar nicht. »Also«, beginne ich. »Dafür, dass du Kiras beste Freundin bist, weiß ich so gut wie nichts von dir. Eigentlich geht das doch nicht an.«

Sie mustert mich zurückhaltend, ganz so, als würde sie eine neuerliche Attacke erwarten. Etwas tief in mir grollt los; ich will nicht, dass sie mich *so* ansieht. Ich will nicht, dass sie erneut wegen mir in den Sturm flüchtet. Also versuche ich es mit einem Lächeln, auch wenn ich spüre, wie schwer es mir fällt, was aber weniger mit ihr als mit meiner Erschöpfung zu tun hat. Jetzt hier zu sitzen und zur Ruhe zu kommen, zu sehen, dass es ihr ganz offensichtlich gut geht, scheint den Rest Adrenalin aus meinem Körper endgültig zu vertreiben.

»Was willst du denn von mir wissen?«, fragt sie schließlich zögerlich. »Ich meine, wieso solltest du es überhaupt wollen? Also, mich kennenlernen?«

Ihre seltsame Zurückhaltung steht im direkten Kontrast zu ihrer Wut am Morgen; sie verunsichert mich. »Wieso nicht? Wie gesagt, du bist Kiras beste Freundin.«

»Aber wir hatten sonst auch nichts miteinander zu tun. Du hast ja kaum ein Wort mit mir gewechselt. Wieso also jetzt?«

Erneut spüre ich, wie Ärger in mir hochkocht. Aber einmal mehr hat er nichts mit ihr zu tun. Eher fühlt es sich an, als würde sie mir einen Spiegel vorhalten und mich darin bestätigen, dass ich ein voreingenommener Arsch war. »Das mag sein«, erwidere ich mit Verzögerung. »Aber jetzt sitzen wir zwei doch hier, nicht wahr? Das sollten wir nutzen.«

»Wieso?«

Ich knirsche mit den Zähnen. »Das sagte ich doch gerade ...«

»Nein.« Sie fällt mir sanft ins Wort. »Wieso hast du mich vorher praktisch ignoriert?«

»Weil ich deinen Freund nicht leiden kann«, platzt es aus mir heraus, ehe ich es verhindern kann. Gott, ich bin so ein Mistkerl. »Er kam mir immer so arrogant vor. Also habe ich angenommen, du bist auch so.«

Anstatt sich deshalb, wie erwartet, zu empören, wird sie plötzlich blass. Erschrocken stelle ich fest, dass sie tiefer auf den Stuhl rutscht, dann beginnen ihre Augen zu schimmern. »Verstehe. Dann … scheint es ja zu passen, dass wir uns getrennt haben. Offenbar siehst du mich nun mit anderen Augen.«

Plötzlich ergibt *alles* einen Sinn. Ihr plötzliches Auftauchen. Ihr Verhalten. Ihre verquollenen Augen heute Morgen. Selbst die Unmengen an Kohlenhydraten, Schokolade und Wein. Nur im ersten Moment verspüre ich so etwas wie Betroffenheit, weil sie so traurig wirkt, dann bin ich seltsamerweise erleichtert. »Ihr habt sowieso nicht zusammengepasst.«

»Was?« Schon schießt sie in die Höhe, blickt mich beinahe empört an. »Wie meinst du das?«

Ich zucke mit den Schultern, kann mir ein Grinsen aber nicht verkneifen. »Du bist Kiras beste Freundin, du musst eigentlich in Ordnung sein. Er jedoch …«

»Weißt du eigentlich, was du da gerade von dir gibst?« Obwohl sie augenscheinlich schimpft, wirkt sie nicht gerade sauer, eher erschöpft. »Erst sagst du, du hast mich für arrogant gehalten, dann das?«

»Ich sagte nicht, dass du arrogant wärst. Nur dein Freund …«

»Ex.« Sie seufzt tief auf, dann stopft sie sich gleich einen kompletten Doppelkeks in den Mund.

Ich muss lachen. »Komm schon. Hast du ihn dir mal genauer angeguckt? Er wirkte doch immer, als wäre alles nicht gut genug für ihn.«

»Inklusive mir«, bringt sie mühsam hervor; den Mund voller Krümel.

Wieder verspüre ich Ärger. »Nur weil er so denkt, heißt

es nicht, dass es stimmt. Sei froh, dass du ihn los bist. Du hast Besseres verdient.« Woher auch immer diese Worte plötzlich kommen – ich meine sie ernst, wie ich erstaunt feststelle. Sie scheint sich eine Antwort zu verkneifen; ich sehe es ihr deutlich an. Unruhig rutsche ich auf dem Stuhl herum. Gott, ihr Blick brennt sich förmlich in meine Haut. »Also, du bist Single. Du stehst auf Frustessen und Melodramatik …« Ich halte inne, als mir bewusst wird, was ich gerade gesagt habe. Auch sie scheint zu erstarren – dann lacht sie prustend los, die Hand vor den Mund schlagend und mit zitternden Schultern.

Ich atme aus.

»Gott, ja. Melodramatisch war mein Abgang wirklich, oder?« Sie wird rot. »Ich stand neben mir. Als du Leif erwähnt hast …«

Alleine dieser Name lässt mich erschaudern. »Es tut mir leid. Ich habe dich für arrogant gehalten, ja, aber du musst denken, dass ich ein ungehobelte Mistkerl bin.«

Ihre Mundwinkel biegen sich sanft in die Höhe. »So in etwa.«

»Das habe ich wohl verdient.« Eine Weile schweigen wir. Ich trinke den letzten Schluck Kaffee und werfe einen Blick in ihre Tasse. Ebenfalls leer. »Sollen wir uns wieder vor den Kamin setzen?«

Sie starrt mich an, ihre Augen voller Tiefe und Geheimnisse, dann lächelt sie leicht. »Von mir aus.«

Wir kehren zurück in den Wohnraum. Erneut landen wir auf dem Teppich vor dem Feuer. Das flackernde Licht zeichnet ihre Züge weich, und ich muss mich auf meine Finger setzen, um zu verhindern, dass ich ihre Wangenknochen nachzeichne. Woher kommt das, verdammt?

»Wieso bist du hergekommen?«, knüpft sie schließlich an unser Gespräch an. »Bist du auch vor etwas geflohen? Kira sagte, deine Woche war hart?«

»Hm«, brumme ich ungehalten. »Offenbar habt auch ihr geredet.« War ja klar. »Ich hatte einfach einige verdammt harte Dienste. Wie du vielleicht weißt …«

»Du bist bei der Polizei.«

Ich nicke knapp. »Die Leute drehen vor Weihnachten regelmäßig durch. Das ist nicht mehr witzig. Ich wollte einfach ein paar Tage lang an nichts denken. Meine Ruhe haben.«

»Kein Wunder, dass meine Anwesenheit dich so stört«, erwidert sie leise.

Ich greife unwillkürlich nach ihrer Hand, erfüllt von dem dringenden Bedürfnis, sie von diesem Gedanken abzubringen. »Nicht mehr. Wir machen das Beste draus, schon vergessen? Wir lernen uns endlich mal kennen.«

Sie lacht erstickt auf. »Super. Weil uns keine andere Wahl bleibt – und weil du ein schlechtes Gewissen hast.«

Verdammt. Ertappt zucke ich zusammen. »Das ist es nicht. Nicht nur.«

»Schon gut.« Sie lächelt sanft, wehmütig, und plötzlich sehe ich nichts als ihre Lippen.

Das ist nicht gut. Gar nicht gut. Du hast sie heute fast den Berg heruntergestürzt, sie ist frisch getrennt und die beste Freundin deiner Schwester. Schlag dir das ganz schnell wieder aus dem Kopf!

Dennoch fällt es mir schwer, mich davon abzulenken, wie nahe sie mir ist. Wie süß sie duftet. Und wie sehr sie plötzlich einen tief urtümlichen Beschützerinstinkt in mir weckt. Es muss an der Situation liegen. Eingeschneit in einer Hütte in den Bergen, alleine, kurz vor Weihnachten. Da kann einiges durcheinandergeraten.

»Wie auch immer.«

»Kira sagt, du bist Lektorin?«

Unwillkürlich scheine ich genau den richtigen Knopf gedrückt zu haben. Jegliche Wehmut verfliegt, ihre Augen leuchten auf, und schon beginnt sie voller Begeisterung zu erzählen. Schnell begreife ich, dass sie ihre Leidenschaft lebt, dass ihr Beruf mehr ist als ein öder Job. Bisher konnte ich wenig damit anfangen, doch als sie mir von ihrem Alltag berichtet, von ihren Projekten und all dem Herzblut, das sie investiert, sehe ich ein neues Bild vor meinem inneren Auge. Marie vor ihrem Laptop, die Haare zu einem nachlässigen Knoten gebunden, mit nachdenklicher Falte auf der Stirn und einem Stift zwischen den Lippen. Dieses Bild passt viel eher zu ihrer fliederfarbenen Wollleggins, den kleinen Sternchensteckern in ihren Ohren und den ungeschminkten Lippen. Bisher habe ich sie immer anders wahrgenommen, jetzt scheine ich ihre wahre Seite kennenzulernen.

Und das jagt meinen Puls zusätzlich in die Höhe.

»Und du verknackst also die bösen Buben?«

Plötzlich richtet sie die Aufmerksamkeit wieder auf mich. Ich zucke zusammen, fühle mich beim Starren ertappt. Aber sie scheint nichts bemerkt zu haben. »Idealerweise ja«, beginne ich langsam. »In erster Linie ist es aber auch Bürokratie. Ich nehme viele Anzeigen auf. Und die Streife ist längst nicht so spannend, wie sie oft dargestellt wird.«

»Ich finde es dennoch interessant.« Lächelnd lehnt sie sich auf ihre Hände zurück. Das Feuer schimmert in ihren Augen. Sie ist hinreißend.

Grinsend spiele ich mit meinen Muskeln. »Aber nur, weil ich das Klischee des durchtrainierten und gutaussehenden Cops erfülle, nicht wahr?«

»Ja.« Ihre Antwort kommt so schlicht und schnell, dass ich scharf Luft hole. Auch sie scheint zu erstarren; ihre Wangen werden feuerrot und sie wendet sich peinlich berührt ab.

Spürt sie es etwa auch? Diese seltsame Spannung, die

wie aus dem Nichts aufgetaucht ist? Was geschieht hier eigentlich, verdammt? Ich lache leise auf, verlegen und angespannt zugleich. Erneut hüllt uns Schweigen ein. Irgendwann greift Marie nach ihrem Handy, und kurz darauf ertönt leise Weihnachtsmusik aus den Lautsprechern.

»Ist das okay?«

Ich nicke. Vermutlich hätte ich gerade zu fast allem »Ja« gesagt, Hauptsache, sie sitzt weiter neben mir und stürzt mich in dieses verwirrende, aber erfrischende Gefühlschaos. Es ist eine Weile her, dass ich mich für eine Frau interessiert habe, mein voller Alltag hat es schlicht und ergreifend nicht zugelassen. So lebendig wie gerade habe ich mich schon lange nicht mehr gefühlt. Und obwohl es unzählige Gründe gibt, die dagegen sprechen, kann ich nicht verhindern, dass mein Interesse an ihr wächst. »Wie geht es dir mittlerweile?«, frage ich sie schließlich. »Kopfschmerzen? Schwindel? Irgendwelche anderen Beschwerden?«

Sie verdreht tatsächlich die Augen. »Bist du Polizist oder Arzt?«

»Ich bin ein Freund«, erwidere ich schlicht. Das lässt sie innehalten.

»Es geht mir gut.« Sie atmet tief durch. Obwohl sie sichtlich überrascht von meinen Worten wirkt, kommentiert sie diese nicht weiter, stattdessen wechselt sie die Richtung. »Es tut mir leid, dass ich dir solch einen Schrecken eingejagt habe. Normalerweise bin ich vernünftiger.«

»Normalerweise wirst du vermutlich auch nicht so rüde angemacht.«

»Daran ist was Wahres.« Sie lächelt mich vorsichtig an. »Sobald sich der Sturm legt, werde ich abreisen. Diese Hütte gehört deiner Familie. Natürlich hast du das Vorrecht.«

»Nein, bleib«, entfährt es mir, ehe ich es verhindern kann. Sie starrt mich mit großen Augen an. Verlegen reibe ich mir über den Nacken. »Ich meine, es ist doch Platz genug für uns beide, nicht wahr? Mich stört es nicht, wenn du bleibst. Wenn du damit zurechtkommst, dir das Bad und die Küche mit mir zu teilen, musst du nicht vorzeitig abreisen. Nicht wegen mir.«

Noch immer starrt sie mich an, wortlos, offenkundig verwirrt. Dann, ganz langsam, breitet sich ein Lächeln auf ihren Lippen aus. Ich glaube, es ist das Erste, seit wir heute Morgen aneinandergerasselt sind – und es tut verdammt gut. »Na schön. Ich bleibe, zumindest vorerst. Aber wenn wir uns auf die Nerven gehen, bin ich diejenige, die verschwindet. Versprochen.«

Ich grinse sie an. »Gott sei Dank. Und das sage ich nicht nur, weil ich noch nicht einkaufen war, du aber definitiv genug für uns beide besorgt hast.«

Sie lacht – und boxt mir in die Seite. Eine so normale, beinahe freundschaftliche Geste, dass mein Herz stolpert.

Das hier ist entweder großartig – oder eine total beschissene Idee. Ich bin mir noch nicht sicher, in welche Richtung das Pendel ausschlagen wird.

7 Marie

Unser Start war holprig, keine Frage, doch schlagartig wird es einfacher. Offenbar hat Kira mir den Kopf genau zur rechten Zeit gewaschen, oder Kellan hat bemerkt, dass er einen Gang herunterschalten muss. Gut, vielleicht spielt es auch keine unerhebliche Rolle, dass ich mich auf dramatische Art und Weise in Gefahr gebracht habe – aber wer wird schon kleinlich? Auf jeden Fall scheint es plötzlich mit uns zu funktionieren. Noch immer komme ich mir beobachtet vor, außerdem bilde ich mir ein, dass die Atmosphäre knistert, sobald wir uns zu nahe kommen, doch abgesehen davon scheint es gut zu gehen, dass wir uns ein Dach teilen. Noch am ersten Abend lachen wir herzlich miteinander, während wir gemeinsam gebratene Nudeln vertilgen und eine weitere Flasche meines Weins köpfen. Am kommenden Tag ist der Sturm bereits merklich abgeflaut, aber es schneit noch immer unvermindert. Mittlerweile kann man von Kellans Wagen nicht mehr erkennen als einen riesigen Berg Schnee. Der Tag wird nicht richtig hell, aber gleichzeitig hat der Schneefall auch etwas Beruhigendes. Da ich keine Kopfschmerzen mehr habe und der kleine Kratzer an meiner Stirn kaum zu sehen ist, scheint auch Kellan endlich zu glauben, dass mein Sturz glimpflich ausgegangen ist. Dennoch begleitet er mich, als ich am späten Nachmittag beschließe, zumindest kurz nach draußen zu gehen. Der kleine Ausflug endet in einer Schneeballschlacht, die ich haushoch verliere, als er mich in die Finger kriegt und mich gehörig mit einer riesigen

Portion Schnee wäscht. Dafür schmuggle ich eine kleine Handvoll Schneekristalle mit ins Haus, presse sie so fest zusammen, bis sie sich in einen kleinen, festen Klumpen Eis verwandeln, und stecke diesen in seinen Kragen, sobald er seine Jacke ausgezogen hat. Sein empörter Schrei lässt mich vor Lachen zu Boden gehen.

An diesem zweiten Abend genehmige ich mir ein weiteres Bad, und als ich anschließend nach unten komme, werden meine Knie weich. Kellan liegt wieder ausgestreckt auf dem Sofa, barfuß, mit einem Buch in der Hand. Dieses Mal scheint er wirklich zu lesen, und bei Gott, in diesem Moment wird mir bewusst, dass ich nie etwas Attraktiveres gesehen habe als das. Ihn, mit Buch. Das Bild brennt sich für immer in meine Netzhaut.

Den Anblick muss ich erst einmal verarbeiten, also lasse ich mich nicht wie geplant in den Ohrensessel neben ihn fallen, sondern laufe weiter in die Küche, um dort ein wenig planlos herum zu räumen und mich in den Griff zu kriegen.

Kira schreibt mir fleißig Nachrichten, die ich ebenso fleißig beantworte. Offenbar wundert es sie nicht sonderlich, dass ich mit Kellan klarkomme, sie freut sich sogar richtig darüber. Ob sie ahnt, dass ich ihn attraktiv finde? Ich hoffe es nicht. Niemals habe ich einen Gedanken daran verschwendet, wie es sein könnte, Interesse an ihrem Bruder zu entwickeln, es war schlichtweg außerhalb jeglicher Möglichkeit. Nun muss ich mich fragen, was sie darüber denken würde – und ganz ehrlich? So etwas ist doch zum Scheitern verurteilt.

Und wieso stelle ich mir überhaupt diese Fragen? Ich bin frisch getrennt, Kellan hat sich nach seiner Ankunft wie ein richtiger Arsch verhalten, und nur, weil wir jetzt einigermaßen miteinander klarkommen, heißt das noch gar nichts, verdammt nochmal.

An diesem Tag wird mir erst abends bewusst, dass ich

praktisch gar nicht über Leif nachgedacht habe; darüber, was er womöglich gerade tut, ob er über uns nachdenkt, über die Trennung. Ob er es bereut? Überrascht logge ich mich bei Facebook ein und überprüfe seine Seite. Beinahe erleichtert stelle ich fest, dass es sich immer noch seltsam anfühlt, sein Profilbild zu betrachten, doch nun mischt sich auch ein anderes Gefühl unter: Irritation. Ich denke an Kellans Worte, daran, dass ihm Leif arrogant vorgekommen ist. Das wiederum weckt Erinnerungen, die ich zumeist sorgfältig ignoriert und vergraben habe. Momente, in denen auch ich fand, dass er überheblich wirkte. Oft waren es nur Kleinigkeiten. Die Art und Weise, wie er meine Vorfreude auf Weihnachten abgetan hat. Okay, gut, ab September muss man nicht unbedingt schon Spekulatius essen und diejenigen, die es tun, nicht feiern – aber seine Sprüche waren manchmal schon gemein. Oder die Art und Weise, wie er es herabgewürdigt hat, wenn einer meiner Aufträge nicht für einen größeren Verlag war. Meist waren es weniger seine Worte, die mir seine Meinung verdeutlicht haben, sondern ein kleines Zucken seines rechten Mundwinkels, ein unechtes Grinsen, seine krause Nase. Seltsam, dass mir das erst jetzt so richtig bewusst wird. Nun, da ich mich dieser Erkenntnis stelle, bin ich sogar beinahe froh, ihn los zu sein. Natürlich schmerzt es nach wie vor, dass drei Jahre Beziehung einfach so fortgewischt wurden, aber mich beschleicht der dringende Verdacht, dass ein großer Teil von mir vor allem die Gewohnheit vermisst, nicht etwa den Mann an sich. Den Umstand, nicht alleine zu sein. Und macht es mich dann unbedingt besser als Leif, der auch nur deshalb mit mir zusammen war, weil ich ihm »die Wartezeit verkürzt habe« – so seine Worte?

Dieser Gedanke ist ebenso verwirrend und schmerzhaft wie erleichternd.

Ebenfalls etwas, das ich nicht erwartet hätte: Ich bin

plötzlich froh, mit all diesem Gedankenchaos nicht alleine zu sein. Plötzlich bin ich zutiefst erleichtert, dass Kellan mir Gesellschaft leistet. Auch an diesem Abend kochen wir gemeinsam, und ich spüre, wie sich eine vorsichtige Art von Routine einspielt. Kellan kann witzig sein, sehr sogar. Außerdem charmant und zuvorkommend. Und je mehr Zeit ich mit ihm verbringe, desto stärker spüre ich dieses seltsame Kribbeln, das mir so neu ist – und mich vollkommen unvorbereitet trifft. Ich überlege, mit Kira darüber zu sprechen, doch was, wenn sie es ihm steckt? Wenn sie es blöd findet?

Also verkneife ich mir jeglichen Kommentar und genieße stattdessen seine Gesellschaft. Er ist so anders als Leif; vermutlich ist das alleine der Grund, wieso mir seine Nähe so guttut.

Meine Eltern fragen nach mir, wollen wissen, ob es bei unseren Plänen bleibt. Ich muss ihnen gestehen, dieses Jahr doch alleine zu kommen. Seltsamerweise scheint sie das nicht allzu sehr zu stören, was mich ebenfalls nachdenklich stimmt.

Als ich am nächsten Tag die Augen aufschlage, weiß ich augenblicklich, dass etwas anders ist. Erst begreife ich es nicht recht, doch dann ... spüre ich die Sonnenstrahlen, die sich einen Weg durch den Spalt zwischen den Vorhängen bahnen. Sofort springe ich auf, ziehe die schweren Stoffbahnen beiseite – und starre auf ein glitzerndes Winterparadies. Sonne, blauer Himmel und Schnee, wohin das Auge reicht. Er bedeckt einfach alles, reicht bis zur Hauswand, hier hinten dank der Verwehungen fast zwei Meter hoch. Die Äste der Tannen sind ebenfalls schneebedeckt und hängen tief.

Mein Herz pocht heftig und ich fühle mich verzaubert von diesem wunderschönen Anblick. Eilig wende ich mich ab, hole mein Handy und schieße ein paar Bilder, auch wenn die kaum diesen atemberaubenden Moment auffangen können.

Es ist bereits nach zehn, für meine Verhältnisse also relativ spät. Der Duft von frischem Kaffee dringt in mein Zimmer, mein Magen rumpelt lautstark. Schnellen Schrittes husche ich ins Bad, um mich frisch zu machen, nur ein Ziel vor Augen: Frühstück. Und dann raus. Ich will einen Schneespaziergang machen, dieses Mal weit genug vom Abhang entfernt, damit mir nichts passiert. Aber ich muss einfach raus, muss dieses Winter-Wonderland mit all meinen Sinnen wahrnehmen. Die Weite des klaren Himmels ist eine Befreiung nach den Tagen des Sturms.

»Du hast heute aber gute Laune«, begrüßt Kellan mich lächelnd, als ich praktisch nach unten schwebe. Er sitzt am Tresen, eine Tasse Kaffee und ein Buch vor der Nase. Und jepp, er ist barfuß.

Gott, dieser Kerl ist wirklich eine Wucht.

»Hast du mal rausgesehen? Der Sturm ist endlich vorbei!«

»Was ist? Kannst du es kaum erwarten, von hier fortzukommen?« Es sollte vermutlich ein Witz sein, aber etwas in seiner Stimme lässt mich innehalten.

Verunsichert halte ich inne. »Eigentlich nicht, nein. Aber ich dachte, ich könnte ein wenig rausgehen ...«

Augenblicklich knallt er das Buch zu. »Dann komme ich aber mit.« Sein Blick wandert über meinen Körper, bleibt kurz an meiner Stirn hängen. »Sicher ist sicher.«

Ich entscheide mich dazu, nicht irritiert zu sein, strecke ihm stattdessen ganz erwachsen die Zunge raus. »Damit habe ich fest gerechnet. Aber entspann dich. Erst einmal brauche ich einen Kaffee.«

Anstatt sich wieder hinzusetzen, umrundet er den Tresen und schenkt mir eine Tasse voll ein. Ich gleite auf einen Hocker und nehme sie dankbar entgegen. Als er mir dann auch noch eine Scheibe Toast mit Marmelade schmiert, spüre ich ein seltsames Ziehen in der Brust. »Du bist heute aber fürsorglich.«

Sein Lächeln gerät etwas schief. »Na ja, ich muss dir ja Gründe liefern, noch nicht abzureisen, nur weil sich die Lage entspannt hat.«

Darauf … kann ich zunächst nichts erwidern.

Für einen Moment scheint sich die Luft zwischen uns aufzuladen. Ich frage mich, ob ich einen elektrischen Stoß erhalten würde, wenn ich ihn nun berühre, wage es aber nicht, diese Theorie auszutesten. Stattdessen kaue ich bedächtig mein Brot und versuche, seine überwältigende Präsenz auszublenden. Als ich hergekommen bin, fühlte ich mich verlassen und gedemütigt. Wie kann es sein, dass all diese Gefühle derart in den Hintergrund rücken, einzig, weil Kellan neben mir sitzt? Was sagt das über mich aus – oder über die Tiefe meiner Gefühle für Leif? Den Gedanken schiebe ich lieber beiseite.

Als ich meinen Kaffee ausgetrunken habe, springe ich auf. Ich brenne darauf, rauszukommen. Die glitzernde Oberfläche zu sehen, die kalte, klare Luft einzuatmen und die raue Freiheit zu genießen. Kellan folgt mir, er hält Wort. Eingemummelt in Mantel, Schal und Wollmütze schlüpfe ich in meine Boots und atme ein letztes Mal die warme Kamin-Luft ein, ehe ich schließlich nach draußen trete.

Augenblicklich weiten sich meine Lungen. Seltsam, ich habe mich nicht richtig eingesperrt gefühlt, und doch weicht eine schwere Last von meinen Schultern. Amüsiert mustere ich den Berg vor der Tür, unter dem sich der SUV befindet. Kellan tritt neben mich, seufzt und fegt dann etwas von dem weißen Puder beiseite. Erst nach einer Weile legt er einen Teil der dunkelblauen Karosserie frei.

»So viel Schnee auf einmal habe ich noch nie gesehen«, murmle ich erstaunt. Dann wende ich mich nach links.

»Du weißt aber schon, dass es dort vorne bergab geht, oder?«

Ich werfe Kellan einen scharfen Blick zu, er grinst, wirkt nicht sonderlich beunruhigt. Dennoch verdrehe ich die Augen. Eine Erwiderung hat er nicht verdient.

Wir bewegen uns vorsichtig parallel zum Hang. Der Schnee reicht mir teilweise bis zur Brust, und es ist gar nicht so leicht, sich einen Weg zu bahnen. Gleichzeitig macht es Spaß, Schneisen in die Landschaft zu pflügen, die perfekte Oberfläche zu verzieren. Mit viel Fantasie kann ich sogar noch die Spuren entdecken, die ich vor zwei Tagen hinterlassen habe. Ist es wirklich erst zwei Tage her, dass ich den Hang hinabgerutscht bin? Seltsamerweise kommt es mir so vor, als wäre bereits mehr Zeit vergangen.

Obwohl das Heulen des Sturms verstummt ist, scheint es immer noch so, als würden wir in einer Art Kapsel stecken. Kaum ein Laut dringt an mein Ohr, das Knirschen des Schnees und unser angestrengter Atem bilden die einzigen Ausnahmen. Ich lasse meinen Blick schweifen, kann aber niemanden sehen. Keine anderen Menschen, die wie wir eine Schneewanderung unternehmen, keine Tiere. Nichts. Diese Erkenntnis ist bedrückend.

Ehe ich Kellan darauf ansprechen kann, deutet er jedoch auf ein paar Spuren im Schnee, und erst dann wird mir bewusst, dass die makellose Glätte ein Trugschluss ist. Plötzlich dringen all die Umgebungsgeräusche auf mich ein, reißen mich beinahe mit. Die knorrigen Äste der Bäume bewegen sich in der Brise, irgendwo höre ich das Dröhnen eines Flugzeugs – und ein Vogel kreischt laut auf. Mit pochendem Herzen begebe ich mich auf Spurensuche, dicht gefolgt von Kellan, dessen Nähe mich elektrisiert. Vornehmlich finden wir Abdrücke von Vögeln, die über die Schneedecke gehüpft sind, aber auch Schneehasen und offenbar Rotwild haben sich hier bewegt, während wir den

Sturm im Warmen ausgesessen haben. Kellan kennt sich erstaunlich gut aus, doch als ich ihn darauf hinweise, lacht er nur verlegen.

»Das kommt alles von meinem Opa. Er war total verrückt nach der Natur, und wann immer wir zusammen hier oben waren, hat er mich mit rausgenommen. Von ihm habe ich all das Wissen. Die Landschaft hier ist wie ein zweiter Garten für mich; einer von der riesigen Sorte.«

Ehrfürchtig starre ich ihn an, doch einmal mehr wirkt er deshalb verlegen, so als würde er nicht damit angeben wollen, also lasse ich ihm einen Moment Zeit, um sich zu sammeln, und arbeite mich ein Stück weiter durch den Schnee, bis ich ein paar leergepickte Nussschalen finde. Gott. Bei der Vorstellung, dass die Tiere den Sturm hier draußen ausstehen mussten, während wir im Warmen geschlemmt haben, bekomme ich beinahe ein schlechtes Gewissen. Ob wir später bei der Hütte ein wenig Nahrung für die Naturbewohner rausstellen können? Haben wir irgendwo zumindest Vogelfutter? Es ist kurz vor Weihnachten, verdammt. Nicht nur wir sollten davon profitieren ...

In der Absicht, Kellan von meinen seltsamen Gedankengängen zu erzählen, wende ich mich um – und erstarre.

Er ist nicht da.

Eilig schwenkt mein Blick umher – kein Kellan. Die Sonne strahlt funkelnd vom Himmel, aber zwischen den Bäumen ist das Licht gedämpfter, und plötzlich, umringt von den Spuren anderer Tiere und eingehüllt von der klirrenden Kälte, erschaudere ich. Fängt so nicht immer das Drama in Horrorfilmen an?

»Hey, Kellan. Wo steckst du?« Keine Antwort. Ich verdrehe die Augen, verschränke die Arme vor der Brust und seufze. »Ha, ha. Sehr witzig. Du hast mir einen Schrecken eingejagt. Jetzt kannst du wieder rauskommen.«

Nichts. Ich halte inne, atme nicht einmal, um meine

eigenen Geräusche auf ein Minimum zu reduzieren und womöglich doch noch herauszufinden, wo er sein könnte – er kann sich doch nicht einfach so in Luft aufgelöst haben! Aber nichts. Nur die dröhnende Stille ...

Da, ein Knarren, rechts von mir! Ich wende mich in die Richtung – und im nächsten Moment trifft mich ein riesiger Schneeball.

Ich kreische empört auf, während Kellans Gelächter laut und volltönend erklingt. Es hüllt mich ein, von allen Seiten, und für einen kurzen Moment fühle ich mich orientierungslos und verwirrt. Wo steckt er? Blind raffe ich ebenfalls Schnee zusammen, forme einen groben Ball und werfe dorthin, wo ich ihn vermute, treffe aber nur klatschend einen Baum.

»Na warte!«

Erneut schnappe ich nach dem Schnee, werde dabei aber von einem Ball an der Schulter erwischt. Ich schreie erschrocken auf, springe hinter dem nächsten Baum in Deckung und atme tief durch. Er will Krieg? Soll er haben. Dieses Mal bin ich besser vorbereitet.

Schon verwandelt sich die Stille der Natur in eine laute Schneeballschlacht. Ich kreische und fluche und juble triumphierend, während ich einen Treffer lande. Sehr schnell ist nichts mehr von der glatten Schneeoberfläche vorhanden, weil wir so kopflos hindurchpflügen und unsere Wurfgeschosse formen. Langsam kommen wir uns näher, nur um dann wieder auf Abstand zu gehen, immer wieder, bis ich keuche und schwitze und so breit grinse, dass meine Wangen spannen. Kellan ist besser als ich, zumindest, was die Treffsicherheit anbelangt. Außerdem ist er schneller, weshalb ich mir kaum eine Strategie zurechtlegen kann. Impulsiv treffe ich ihn aber weitaus weniger, weshalb meine Gedanken rasen. Irgendwann schaffe ich es schließlich, mich an ihn heranzupirschen. Entweder bemerkt er es wirklich nicht, oder er stellt sich absichtlich taub, doch als ich mich von hinten mit einer großen Hand voller Schnee auf ihn stürze und sie in seinen Nacken stopfe, wirbelt er herum – und wirft sich auf mich.

Einfach so.

Kreischend gehe ich zu Boden. Der Schnee federt den Sturz, aber durch unser gemeinsames Gewicht sacken wir natürlich tief ein. Pulverschnee gelangt in jede Ritze meiner Kleidung, ich fluche und kreische, weil die Kälte so allumfassend bis auf meine Haut dringt, und gleichzeitig strample ich gegen sein Gewicht an.

Keine Chance.

Kellans Augen blitzen vergnügt. Vor Tagen kamen sie mir kalt und stechend vor, jetzt sind sie so intensiv-hell und wunderschön, dass es mir den Atem raubt. Plötzlich scheint alles still zu stehen. Die Welt um mich herum hört einfach auf zu existieren. Die Kälte? Egal. Schnee in meiner Hose? Spielt keine Rolle. Ich blicke atemlos in seine Augen, sehe, wie seine vollen Lippen sich teilen, und mein Herz droht zu explodieren.

Einige Sekunden lang erstarren wir beide. Die Atmosphäre scheint zu knistern, so heftig lädt sie sich auf; wie ein Vielfaches all dieser vielen kleinen Momente der vergangenen Tage. Jeder einzelne Augenblick scheint zu diesem einen hingeführt zu haben: Ein heftiges Prickeln erfasst mich überall dort, wo er mich berührt, weitet sich auch dorthin aus, wo die kalte Luft alles ist, was mich streichelt. Sein Lächeln, so frech und jungenhaft, verblasst, ein Runzeln huscht über seine Stirn. Langsam atmet er aus, und die Luft streicht über meine erhitzten und gleichzeitig so kalten Wangen. Er liegt auf mir. Presst sich an mich. Seine Hände umfassen meine Schultern. Und dann …

Beugt er sich hinab, und seine Lippen streifen meine. Vorsichtig nur. Nicht viel mehr als ein Hauch. Ich atme scharf ein, gleichzeitig intensiviert sich das heftige Prickeln in meinem gesamten Körper. Kellan stöhnt auf, oder vielleicht auch ich. Oder wir beide. Er rückt ab, gerade weit genug, um mich anzusehen. Fragend. Verwirrt. Und voller Verlangen.

Ich befinde mich auf einer Klippe, unsicher, in welche Richtung ich mich fallen lassen soll. Denn fallen werde ich auf jeden Fall. Mein Herz rast so heftig, dass mein Blickfeld unscharf wird, aber immer noch spüre ich seine Lippen auf meinen, seinen Körper auf mir, und diese unmissverständliche Hitze, das Kribbeln der letzten Tage, die unglaubliche Spannung, aber auch die angenehmen Stunden zu zweit. Alles in mir nimmt nur noch Kellan wahr. Nichts drumherum, keine Konsequenzen, keine Logik. Seine fordernde, lodernde Hitze, seine Nähe, seine Lippen ... Ohne weiter darüber nachzudenken, fasse ich seinen Kragen und zerre ihn zu mir hinab. Der zweite Kuss ist intensiver. Fordernder. Kein zögerndes Tasten, keine Frage.

Sondern pure Hitze.

Ich stöhne, als er seine Zunge forsch gegen meine Lippen drängt, gewähre ihm bereitwillig Einlass. Er schmeckt süß und bitter, nach Kaffee und Marmelade und Begehren. Alles verliert an Bedeutung. Unsere erste Begegnung, die Umstände, selbst meine frische Trennung. Er schmeckt gut und richtig und er küsst mich, als würde er nichts anderes wollen, den ganzen Tag und noch viel länger. Er schmeckt nach Leidenschaft.

Wir sacken langsam tiefer, doch das ist egal. Ich küsse ihn weiter, ignoriere den Schnee, die Feuchtigkeit, die Kühle. Nie habe ich mich so lebendig gefühlt wie jetzt, nie war ein Kuss aufregender.

Und nie war ich enttäuschter, weil er viel zu früh endet.

»Komm«, murmelt Kellan rau, er wirkt verwirrt und

gleichzeitig entschlossen. »Lass uns zurückgehen, bevor wir uns verkühlen.«

»Spricht da der Polizist aus dir?«, antworte ich neckend.

Er lacht mit den Augen. »Nein. Wieder einmal ... der Freund.«

Darauf erwidere ich nichts, aber mein Herz nimmt die Worte nun besser auf.

Obwohl wir so lange unterwegs waren, haben wir es gar nicht weit von der Hütte weggeschafft. Innerhalb kürzester Zeit ist sie wieder in Sicht, und plötzlich werde ich nervös. Was hat dieser Aufbruch zu bedeuten? Der Kuss? Was ... machen wir jetzt?

Kellan merkt, dass meine Schritte zögerlicher werden; er bleibt stehen, wendet sich mir zu – und raubt mir den Atem. Schneekristalle funkeln in seinen schwarzen Locken, die sich feucht um seine Stirn legen. Seine Wangen sind tiefrot, betonen die helle Intensität seiner Augen, und seine Wangenknochen wirken scharfgezeichnet. Er ist der Inbegriff roher Attraktivität. Wieso habe ich das zuvor nie bemerkt? Wieso ... verdreht er mir gerade jetzt den Kopf? Trotz allem?

Oder vielleicht auch gerade deshalb?

»Marie«, murmelt er fragend. Zurückhaltend und gleichzeitig sehnsüchtig. Mein Name aus seinem Mund klingt wie ein Kompliment. Plötzlich steht er dicht vor mir, legt seine Hand an meine Wange und streicht mit dem Daumen über meine erhitzte und gleichzeitig so kühle Haut.

Ich schließe kurz die Augen, lehne mich in seine Berührung und kämpfe gegen die flatternden Nerven an. Dass ich mir jetzt so viele Gedanken mache, ist typisch für mich. Ich sollte den Moment genießen, nehmen, was kommt, einfach leben. Das hier, es ist doch sowieso wie eine ganz eigene kleine Welt. Was in der Hütte passiert, wird auch dort bleiben. Was soll schon passieren? Ein Abenteuer. Rohe, instinktive Lust. Körperlichkeit inmitten dieser schneebedeckten Winterlandschaft, fernab der Realität. Was habe ich zu verlieren?

Mit einem Mal treffe ich eine Entscheidung. Mutig und klar. Meine Augen fliegen auf, und ich stelle mich auf die Zehenspitzen, presse meine Lippen an Kellans Kiefer. Er stöhnt augenblicklich erstickt auf, schlingt seinen Arm um meine Taille und zieht mich an sich. Unsere Lippen finden sich erneut; sofort fließt die gleiche prickelnde Leidenschaft durch meine Adern wie schon zuvor. Jegliche Unsicherheit verfliegt. Wie kann etwas schlecht sein, das sich so dermaßen gut anfühlt?

Die letzten Meter bis zur Hütte bringen wir stolpernd hinter uns. Mein Herz rast, aber noch viel schneller pulsiert eine drängende Leidenschaft durch meine Adern, die ich nie zuvor verspürt habe. Weder bei Leif – noch bei irgendeinem anderen Mann. So als würde Kellan etwas in mir erreichen und zum Klingen bringen, das nie zuvor jemand berührt hat.

Das Feuer im Kamin ist heruntergebrannt, aber nicht erloschen. Während ich mich noch aus meinen Sachen schäle, hat Kellan bereits die Schuhe von den Füßen gekickt, die Jacke abgeschüttelt und ist rübergejoggt, um den Funkenschutz beiseitezuschieben und nachzulegen. Seine Schultern spannen sich unter seinem Pullover, ein paar seiner Locken im Nacken kräuseln sich bis zum Kragen. Ich schlucke, versuche, mir vorzustellen, wie er nackt aussieht. Es hilft, dass er so ganz anders ist als Leif.

Alles in dieser Situation ist anders als das, was ich kenne. Normalerweise bin ich nicht so; ich stürze mich nicht in Abenteuer mit Männern, die noch dazu mit meiner besten Freundin verwandt sind.

Aber ... was ist hier schon normal?

Ehe meine Zweifel die Begierde auslöschen, folge ich Kellan ins Wohnzimmer. Er ist fertig, richtet sich auf, Flammen lodern hungrig hinter ihm in die Höhe. Ich schlucke, wieder einmal erinnert er mich an eine Art dunklen Racheengel, nur weiß ich mittlerweile, dass nichts an ihm böse ist. Seine Mundwinkel zucken in die Höhe, in seinen Augen brennt eine ganz eigene Hitze. Langsam hebt er seine Hand, reckt sie mir entgegen.

Und ich ergreife sie.

Schon reißt er mich an seine Brust. Wir küssen uns wie Ertrinkende, die einander Luft spenden, wie zwei Magnete, die nicht gegen die Anziehungskraft ankämpfen können. Meine Hände fahren ruhelos über seinen Rücken, erst hinauf, dann hinab – und weil ich von plötzlicher Kühnheit erfasst werde, unter den Saum seines Pullovers.

Er stöhnt erstickt in meinen Mund, weicht zurück. Doch ehe ich mich deshalb schlecht fühlen kann, lacht er los. »Verdammt, Marie. Du bist so kalt.«

»Und du heiß«, entkommt es mir, ehe ich es verhindern kann.

Nun lachen wir beide.

Im nächsten Moment landen wir auf der Couch; er über mir. Er ist so groß. So breit. Und seine Augen so warm. Ich kann mir nicht mehr vorstellen, wieso genau sie mir einst kalt und stechend vorkamen, jetzt bade ich in seiner Hitze. Wieder stöhnt er meinen Namen, doch es wirkt nicht wie ein Einwand, eher wie ein Versprechen. Ich verliere mich in einem Kuss, der leidenschaftlich beginnt, sich dann aber wandelt, süßer wird, langsamer. Verheißungsvoller.

Oh Gott.

Ich spüre, wie mein gesamter Körper auf ihn reagiert. Nicht nur meine Lippen prickeln, auch meine Kopfhaut, mein Rücken, selbst meine Zehen. Meine Brustwarzen werden hart, Begierde zuckt heiß durch meinen Unterleib.

Ohne darüber nachzudenken, schlinge ich mein Bein um seine Hüfte, presse mich an ihn – und spüre seine unmissverständliche Härte. Jetzt bin ich diejenige, die stöhnt.

Kellan vergräbt sein Gesicht an meinem Hals.

Zum ersten Mal tue ich, worüber ich schon seit Tagen nachgedacht habe, fahre mit den Fingern durch seine Locken, vergrabe meine Hände darin. Er saugt an der empfindlichen Stelle, wo mein Hals im Ausschnitt verschwindet. Ich wölbe mich ihm entgegen, machtlos gegenüber all diesen heftigen Empfindungen, die mich davon reißen. Jetzt sind es seine Hände, die unter meinen Pullover gleiten und mich keuchen lassen. Auch er ist kalt, doch der Kontrast zu meiner brennenden Haut könnte nicht exquisiter sein. Sein Becken zuckt, ein Mal. Nur ein einziges Mal, aber es ist unmissverständlich. Wir erstarren beide, einmal mehr, und sein Blick sucht meinen.

»Du musst …«, beginnt er rau, doch seine Worte verlieren sich, ehe er sie näher ausgeführt hat.

»Was?«, frage ich nach, mindestens ebenso atemlos.

In seinen Augen tobt ein Sturm. »Ich will dich, aber …«

»Ich will dich auch!«, falle ich ihm ins Wort, ehe er Logik anführt; Gründe, die meine Lust zerschlagen könnten. Denn das will ich nicht. Ich will ihn. Jetzt. Ich will diesen Rausch nicht aufgeben, der durch meinen Körper jagt.

Und er scheint zu verstehen.

Ruckartig setzt er sich auf, zieht mich in die Höhe. Wir kämpfen und strampeln, befreien uns aber schließlich von unseren Pullovern. Kellans Augen weiten sich, als er meinen schwarzen BH mit der roten Spitze entdeckt – und meine, als ich zum ersten Mal seinen wohldefinierten Körper betrachten kann. Er ist noch viel attraktiver als gedacht. Viel, viel attraktiver.

Oh, verdammt.

Ehe ich mich deshalb verunsichern lasse, presst Kellan

einen Kuss auf mein Schlüsselbein. Ich spüre, wie seine Zungenspitze über die zarte Haut flattert, und stöhne auf; meine Schultern sacken herab. Er nutzt den Moment und löst mit flinken Fingern den Verschluss des BHs, der ihm als Dank praktisch entgegenspringt.

Dann bin ich obenherum nackt.

Einmal mehr lehnt er sich zurück, bis er auf seinen Fersen sitzt, und sein Blick gleitet hungrig über meinen Körper. Er atmet schwer, seine Augen sind dunkel vor Lust, während er beinahe ehrfürchtig meine Brüste umfasst. In jede Hand eine; seine Hände sind groß, meine Brüste passen genau hinein. Ich keuche auf, als seine Daumen über meine Brustwarzen streichen und damit ein wahres Feuerwerk in mir auslösen.

Mein Kopf fällt nach hinten.

Als er sich dieses Mal vorbeugt, saugt er meinen Nippel geradewegs in den Mund. Ich greife wieder in seine Locken, kralle mich in ihnen fest – das scheint ihn anzutreiben. Er saugt fester, fährt sogar mit den Zähnen leicht über mein empfindliches Fleisch. Dann gibt er meine Brustspitze frei, nur um sich der anderen zu widmen.

Feuer braut sich in meinem Unterleib zusammen, genährt aus Leidenschaft und Erregung. Ganz gleich, was hier geschieht oder wie weit wir wirklich gehen werden, mit Leif war es nicht so. Zuletzt nicht, vielleicht nie.

Und das ... beflügelt mich.

Langsam drückt Kellan mich zurück in die Kissen. Ich blicke ihm tief in die Augen, sehe nichts als Aufrichtigkeit in seinen funkeln. Ich fühle mich so warm und geborgen, so *begehrt*. Es scheint, als würde etwas in mir bei dieser Erkenntnis heilen.

»Du bist so schön«, murmelt Kellan rau, als müsste er aussprechen, was ich in seinen Augen bereits gelesen habe.

Ein Lächeln zupft an meinen Mundwinkeln, während

ich in seiner Wärme bade. »Du auch. Es ist beinahe unverschämt.«

»Unverschämt, ja?« Er grinst mich an, frech und offenkundig glücklich. Seine Hände fahren über meine Seiten hinab bis zur Taille, dann über meinen Bauch nach vorne, bis er den Bund meiner Hose erreicht. Etwas funkelt in seinen Augen auf; Zurückhaltung. Eine Frage? Er zögert, und erst, als ich atemlos nicke, zerrt er den leicht feuchten Stoff hinab. Dabei springt er vom Sofa; ich will aufstöhnen, protestieren, doch er nutzt die Chance, um mir die Hose ganz von den Beinen zu zerren und seine eigene ebenfalls abzustreifen. Jeglicher Protest erstickt, als ich ihn so vor mir stehen sehe. Groß. Athletisch. Nichts als enge, schwarze Boxershorts, die sich von seinem leicht gebräunten Körper abheben. Seine Brustwarzen sind dunkelbraun und eine schmale Spur schwarzer Härchen verläuft von seinem Bauchnabel hinab zu besagter Unterwäsche, die seine Erregung kaum verbirgt. Ich kann nur starren; sauge diesen Anblick förmlich in mich auf. All diese glatte, samtig wirkende Haut, die im Kontrast zu den wohlkonturierten Muskeln steht. Er ist wie der wahrgewordene Traum meiner Mädchenfantasien.

Und er scheint mich zu wollen. *Mich*.

»Versteck dich nicht«, flüstert er, und erst in diesem Moment bemerke ich, dass ich meine Arme instinktiv vor meinem Körper verschränkt habe. Ich löse sie, zittrig und plötzlich mehr als aufgeregt. Langsam tritt Kellan auf mich zu. Ich erwarte, dass er sich auf mich legt, doch stattdessen reicht er mir seine Hand. Ich ergreife sie zögernd.

Er zieht mich auf die Beine, greift mit der anderen Hand nach ein paar Kissen und wirft sie auf den weichen Teppich vor den Kamin. Ich realisiere, was er vorhat, und kann ein Kichern nicht verkneifen.

Er blickt mich unter hochgezogenen Augenbrauen fragend an.

»Das ist das pure Klischee, ist dir das bewusst …« Weiter komme ich nicht, kreische auf, als er mich packt und sich mit mir zu Boden fallen lässt. Wir kommen härter auf als gedacht, aber er rollt sich direkt herum, bis ich auf ihm liege. Nur noch unsere Unterwäsche verhindert, dass sich jeder einzelne Zentimeter unserer Körper berührt, dass unsere intimsten Stellen sich verbinden. Seine Lippen streichen über meine, und ich spüre, wie sein Herz kräftig und schnell gegen meine Brust klopft. Dieser Moment – er ist so intim, beinahe intimer, als würden wir bereits miteinander schlafen. Wenn wir hier und jetzt beschlössen, es nicht weiter fortzuführen, einfach genau so hier liegen zu bleiben, ich würde friedlich einschlafen können.

Aber natürlich hat Kellan andere Pläne.

Die Hitze des offenen Feuers liebkost meine Haut, doch sie kommt nicht gegen das Lodern an, das durch meine Adern jagt, als er erneut herumrollt, bis ich unter ihm liege. Ohne mich je aus den Augen zu lassen und unseren Blickkontakt zu unterbrechen, gleitet er an mir hinab. Geschmeidig wie ein Raubtier und gleichzeitig sanft und verheißungsvoll presst er Küsse auf meinen Körper; vom Kiefer zum Hals, hinab durch das Tal zwischen meinen Brüsten bis zum Bauchnabel. Ihn umkreist er mit der Zunge, ich erzittere unter der Fülle an Empfindungen.

Seine Finger tasten nach meinem Slip. Ich winde meine Hüften, helfe ihm dabei, mich zu entkleiden, bis auch das letzte Stück Stoff verschwunden, die letzte Mauer gefallen ist. Ehrfürchtig richtet er sich auf, und einmal mehr gleitet sein Blick über meinen Körper. Nur … geht er nun tiefer.

Ich stöhne auf; es fühlt sich an, als würde sein Blick mich streicheln, mich berühren. Schon jetzt bin ich viel zu erregt, feucht, und ich erzittere. Es kommt mir so unwirklich vor, gleichzeitig richtig. Unweigerlich. Als hätten wir uns von Anfang an auf haargenau diesen Moment zubewegt; uns umtänzelt, bis wir es nicht mehr verhindern konnten.

Als Kellan sich nun hinab beugt, wieder, ohne mich aus den Augen zu lassen, und einen Kuss direkt auf meinen Schamhügel presst, gehe ich in Flammen auf. Der Blick durch seine Wimpern hinweg, der kehlige Laut, der ihm entspringt, es ist so intensiv.

Und definitiv zu viel.

»Kellan, bitte«, raune ich atemlos, ohne zu wissen, worum ich eigentlich flehe. Er hält inne, sein Blick wird durchdringender – dann leckt er einmal über meinen Hügel und ich zucke zusammen.

»Oh Gott ...«

Sein Kopf wandert hinab. Jetzt gibt er meinen Blick frei, um sich auf meinen empfindlichsten Punkt zu konzentrieren. Langsam fährt er mit der Zungenspitze darüber, lässt mich heftig zusammenzucken; nur um mir ein lautes Stöhnen zu entlocken, als er den kleinen Knopf unvermittelt einsaugt.

Alles beginnt sich zu drehen; ein Strudel aus unbändiger Erregung und Kontrollverlust zieht mich in die Tiefe. Machtlos presse ich ihm mein Becken entgegen, spüre, wie seine Hände mich kräftig umfassen, bis mein Hintern sogar etwas in der Luft schwebt.

Gott. Er ist so gut. Ich erzittere, werde gleichzeitig verschlungen von dem dringenden Bedürfnis nach mehr.

Als würde er meine Gedanken lesen können, reißt er sich von mir los. Ich keuche vor Lust, kann kaum einen klaren Gedanken fassen, aber strecke meine Hände nach ihm aus, ziehe ihn zu mir. Er hält nur inne, um auch seine Unterwäsche loszuwerden, dann folgt er meiner Einladung. Sein Penis gleitet schwer und heiß über meinen Oberschenkel, und als er auf mir liegt, presst er sich verheißungsvoll an meine Mitte.

»Marie«, bringt er rau hervor. Als Antwort recke ich mich ihm entgegen.

Er stöhnt langgezogen auf. »Wir sollten ... ich habe ...«

Unvermittelt weiß ich, was er meint. *Verhütung*. Kondome. Obwohl es den Moment ausbremsen könnte, erregt es mich umso mehr, dass er selbst jetzt vernünftig genug ist, um an so etwas zu denken, während ich mich einfach von den Gefühlen davontragen lasse.

»Ich verhüte«, bringe ich rau hervor. Er hält inne, sucht meinen Blick, also präzisiere ich. »Hormone.«

»Aber ...« Zwei Mächte scheinen in ihm miteinander zu ringen: Vernunft und Lust.

Ich hauche einen Kuss auf seine Lippen, eindeutig die Unvernünftigere von uns beiden. Aber das hier ist ein kleines Abenteuer, und ich will es. So sehr. »Bitte.«

Mehr braucht es nicht. Die Lust gewinnt, färbt seine Augen dunkel. Er packt meine Schenkel, schiebt sie auseinander, bis er schwer und groß dazwischen gleitet. Seine Eichel streicht über meine Schamlippen, der Moment der Spannung ist riesengroß. Das Knistern des Feuers verleiht der Situation zusätzliche Hitze; ich fühle mich gleichermaßen geborgen und aufgekratzt; und *so* besonders.

Zunächst spüre ich nur einen leichten Druck. Unsere Blicke verschränken sich und es ist, als hätte ich nie tiefer in seinen Augen lesen, ihn nie besser begreifen können. Die Vielschichtigkeit seiner Seele liegt in diesem einen Blick; mehr als jede Verbindung trifft mich diese Erkenntnis direkt ins Herz.

Nur ein kaum merkliches Zögern erfasst Kellan, dann dringt er in mich ein, mit einem einzigen, kräftigen Stoß, der mir einen rauen Laut der Lust entlockt. Auch er stöhnt auf; seine Lippen finden meine, und er küsst mich so hitzig, so leidenschaftlich, dass ich nichts mehr wahrnehme. Nur ihn und seine Härte, sein Pochen. Seine Hitze.

»Oh Gott«, murmelt er, und ich glaube, ich erwidere die Worte atemlos. Er zieht sich zurück, nur um wieder zuzustoßen, und diese eine Bewegung jagt eine heftige Gänsehaut über meine Wirbelsäule. Ich werfe meinen Kopf zurück, sobald er meinen Mund freigibt, stöhne, als er wieder den Weg zu meinem Hals findet und leidenschaftlich dort saugt. Es dauert einen Moment, doch dann finden wir einen Rhythmus, zunächst holpernd, dann immer geschmeidiger. Es scheint irgendwie, als gehörten wir zusammen; er entlockt mir Gefühle, die ich in ihrer Intensität gar nicht kannte, und er ... stöhnt vor Lust, vor purer, ungefilterter Lust.

Ich kann gar nicht anders, als mich in ihm zu verlieren.

Die Leidenschaft reißt uns mit. In unserer Vereinigung liegt keine Raffinesse, wir vollziehen keine besonderen Stellungswechsel, aber es ist so roh und leidenschaftlich und gut, dass ich nie etwas Besseres gefühlt habe. Ich umklammere Kellan, halte mich an ihm fest, damit ich nicht in all den Emotionen untergehe, und doch reißt es mich völlig davon, als mich der Orgasmus unerwartet erfasst. Ich keuche erstickt auf, spüre, wie Kellan schneller wird, härter, und noch ehe all das zu viel werden kann, seine Stöße meine Lust überfordern, verkrampft auch er sich und stöhnt langgezogen auf.

Ich spüre es. Spüre, wie er sich in mir entlädt, und es hat etwas so Urtümliches, Intimes, dass alleine dieses Wissen mich beinahe erneut vor Lust implodieren lässt.

Schweißbedeckt und schwer atmend bricht er auf mir zusammen, wenn auch nur für wenige Sekunden, dann rollt er sich zur Seite, zieht mich dabei mit.

Und wir liegen da.

Es ist, als würden wir langsam aus einer Art Rausch

erwachen. Nur schrittweise dringt die Umgebung wieder in mein Bewusstsein. Erst ist da nur er, untermalt vom Prasseln des Kamins. Sein pochendes Herz, sein heftig erbebender Brustkorb, seine schweißfeuchten Strähnen. Langsam nehme ich mehr wahr. Der harte Boden unter uns, nur schwach vom Teppich abgefedert. Die Kühle, die dort an meiner Haut leckt, wo mich Kellans hitziger Körper nicht berührt, wo der Schein des Feuers nicht hingelangt. Und seine Atmung. Langsam flacht sie ab, von hektischem Keuchen zu kontrollierteren Zügen. Sie holt uns ein, die Realität, und ich beginne zu begreifen, was ich getan habe. Was *wir* getan haben.

Oh Gott.

Gerade, als ich mich ruckartig aufsetzen, von ihm abrücken will, umfasst er mich fester. »Warte«, murmelt er leise.

Ich halte inne. Was will er sagen?

Doch er schweigt. Ich liege da, halb auf seiner Brust, spüre seine Nähe überdeutlich und sollte eigentlich in Wohlbehagen schwelgen, aber die Unsicherheit verschlingt mich zunehmend. Kellan ist der Bruder meiner besten Freundin. Noch vor ein paar Tagen wollte er mich von hier verjagen. Nicht einmal eine Woche ist die Trennung von Leif her. Und doch haben wir miteinander geschlafen.

»Sollen wir darüber reden?«

Ich lache auf, leider klingt es etwas hysterisch. Es hilft nicht gerade, dass ich genau jetzt spüre, wie sein Saft aus mir heraus sickert. Unbeholfen rappele ich mich auf; dieses Mal lässt er mich gehen. Mehr noch, er folgt mir. Unbehaglich begegne ich seinem Blick.

Was ich sehe, lässt meinen Atem stocken.

Nichts von der Tiefe ist verschwunden. Er sieht mich immer noch so an wie vorhin, leidenschaftlich, begehrend. Im Gegensatz zu mir scheint er keine Zweifel zu verspüren.

Keine Ablehnung oder Verwirrung. Dafür eine Ernsthaftigkeit, die mich nervös macht.

»Ich sollte ...«, beginne ich mit wackeliger Stimme, kneife die Beine zusammen. Kellan mustert mich mit gerunzelter Stirn, so als wüsste er nicht, worauf ich hinaus will.

Dann jedoch ... breitet sich ein Grinsen in seinem Gesicht aus. *Wie ein Raubtier*, denke ich noch – dann kreische ich los, weil er mich einfach so über die Schulter wirft, als wäre ich nichts als eine Feder. Meinen Protest ignorierend, trägt er mich die Treppe hinauf ins Bad.

8
Kellan

Gelobt sei die extragroße Dusche, unter der Marie und ich problemlos Platz finden. Ein Schaumbad wäre jetzt sicher angemessener gewesen, aber ich kann mich nicht von ihr trennen, noch nicht. Nach wie vor berauscht von meinem Orgasmus, kann ich den Zweifel einfach nicht zulassen, der in ihren Augen aufgeblitzt ist. Dafür war es einfach zu gut.

Zu unweigerlich.

Eine Gänsehaut überzieht ihren Körper, als ich sie in der Duschkabine abstelle. Eilig drehe ich das Wasser auf. Sie kreischt, als der Strahl sie trifft, und ich kann mir ein Lachen nicht verkneifen. Natürlich, zu Beginn ist das Wasser immer kalt. Doch schon bald beginnen Dampfschwaden, sich im Raum auszubreiten. Das Wasser ist heiß und gut. Ich dränge Marie gegen die Fliesen, koste von ihren Lippen, die selbst ungeschminkt dunkelrosa glänzen. Ihr entkommt ein Keuchen, das durch die Fliesen nur verstärkt wird. Mit Sicherheit hat sie bemerkt, dass ich bereits wieder erregt bin.

Oder immer noch.

Urtümliche Gefühle blitzen in mir auf; Gefühle, die ich nicht kenne. Zu sehen, wie mein Sperma ihr Bein hinab läuft und vom Wasser fortgespült wird, erweckt in mir das Bedürfnis, mich erneut in ihr zu verlieren. Dass wir ohne Kondom miteinander geschlafen haben, überwältigt mich immer noch. Ich weiß nicht, wann ich das zuletzt hatte. Und obwohl wir uns kaum kennen, obwohl ich es eigentlich besser weiß, war es so verdammt gut. Seltsamerweise habe ich ihr vertraut. Tue es noch immer. Und das ist etwas, woran ich mich erst einmal gewöhnen muss.

Plötzlich geht sie auf die Knie, und mir bleibt nichts anderes übrig, als mich an den Fliesen abzustützen und ihre Liebkosungen zu genießen.

Meine Fähigkeit zu denken verabschiedet sich.

Später sitzen wir eingehüllt in Decken auf der Couch. Ich weiß, dass sie beinahe nackt ist, und während mir dieser Gedanke außerordentlich gut gefällt, scheint sie zunehmend angespannter zu werden. Trotz allem.

Ihre Wangen sind von einer zarten Röte überzogen. Sie hat ihr Haar zu einem Knoten hoch oben auf ihrem Kopf zusammengebunden, einzelne feuchte Strähnen rahmen ihr Gesicht ein. Ich kann ihre Zerrissenheit an jeder einzelnen Geste ablesen, an den blitzschnellen Blicken, die sie mir zuwirft, an der Art und Weise, wie ihre Lippen sich verziehen oder ihre Nase kraus wird. Wir haben kaum ein Wort gesprochen, haben jegliche Kommunikation unseren Körpern überlassen, doch jetzt … scheint es Zeit zu sein.

»Möchtest du einen Kakao?« Ihr Blick fliegt zu mir. Zum ersten Mal seit der Dusche schafft sie es, mir länger als drei Sekunden in die Augen zu schauen. Ich lächle sie an. »Und Kekse?«

Sie schnaubt leise auf. Es wirkt beinahe kapitulierend. »Klingt nicht übel.«

Ohne darüber nachzudenken, beuge ich mich zu ihr rüber und presse meine Lippen auf ihre Stirn. »Bleib sitzen, ich kümmere mich um alles.«

Normalerweise hätte ich den Kakao klassisch im Topf erhitzt, aber dieses Mal nehme ich mit der Mikrowelle vorlieb, damit es schneller geht. Die ganze Zeit über lasse ich Marie nicht aus den Augen, aus Angst, sie könnte aufspringen und durchdrehen oder etwas in der Art. Dabei bin ich erstaunt über mich selbst. Gemessen an der

Entwicklung sollte eigentlich *ich* durchdrehen. Sie ist die beste Freundin meiner Schwester und war mir bis vor kurzem nicht einmal sympathisch. Aber es scheint unser Schicksal gewesen zu sein, dass wir hier aufeinandertreffen, anders kann ich mir nicht erklären, wie stark ich mich plötzlich zu ihr hingezogen fühle. Und ich werde einen Teufel tun, das in Frage zu stellen. Nicht hier. Nicht heute. Nicht, solange es sich gut anfühlt.

Als ich kurze Zeit später zu ihr zurückkehre, habe ich nicht nur zwei dampfende Becher Kakao dabei, sondern auch ihre Lieblingskekse. Sie lächelt mich dankbar an, nimmt beides entgegen, ohne dass die Decke etwas von ihr entblößt. Woher kommt diese plötzliche Scham?

Grinsend zupfe ich am Saum, entlocke ihr einen Protest, der jedoch nicht verhindern kann, dass sie plötzlich obenherum nackt ist.

Zufrieden lasse ich meinen Blick über ihren Körper gleiten, über die geröteten Stellen unter ihrem Hals und ihre steifen Brustwarzen. Es juckt mir in den Fingern, nach ihnen zu greifen, aber ich spüre instinktiv, dass wir erst einmal ein paar Dinge klarstellen müssen, ehe sie womöglich dicht macht – oder, viel schlimmer, bereut, was wir getan haben.

»Marie«, beginne ich, zum gefühlt einhundertsten Mal an diesem Tag. Nur führe ich meine Worte dieses Mal aus. »Mir hat es sehr gut gefallen.«

Sie starrt mich beinahe geschockt an. »Denkst du etwa, mir nicht?«

Ich schüttele lachend den Kopf, kann aber nicht von der Hand weisen, dass ihre Reaktion mich beruhigt. »Nein, das habe ich nicht erwartet. Aber ich spüre, dass du verunsichert bist.«

Sie schlägt die Augen nieder. Ich gebe ihr die Zeit, einen Schluck von ihrem Kakao zu nehmen; als sie unwillkürlich aufseufzt, klopfe ich mir mental auf die Schulter. Dann sieht sie mich an, und dieses Mal erkenne ich etwas von dem Feuer in ihren Augen. »Es ist kompliziert.«

Ich lache lautstark los. »Das sind die schlimmsten und schicksalsträchtigsten Worte, die ich kenne.«

Sie zieht eine beleidigte Schnute. »Aber so ist es doch.«

»Wieso denn?«, erwidere ich sanft. »Eigentlich ist nichts wirklich kompliziert. Wir sind erwachsen und wir fühlen uns zueinander hingezogen. Ende der Geschichte.«

Ihr Mund klappt auf, dann wieder zu, so als müsste sie sich eine Erwiderung verkneifen.

Ich lege meine Hand an ihre Wange, genieße, wie ihre Augen sich kurz flatternd schließen. »Mach es nicht komplizierter, als es ist. Wir haben nichts Falsches getan.«

»Nein«, murmelt sie verschwindend leise. »Dafür hat es sich zu gut angefühlt.«

Mit welcher Begründung kann ich erklären, wie sehr mein Herz bei ihren Worten in die Höhe hüpft, wie glücklich sie mich stimmt? Nach wie vor versuche ich, im Hier und Jetzt zu bleiben. Wir haben miteinander geschlafen. Wir haben zusammen geduscht. Wir sind nackt. Aber das bedeutet nicht, dass unsere Welt komplett aus den Angeln gehoben wurde.

Oder?

»Das hat es«, erwidere ich etwas verspätet. Unsere Blicke treffen sich, und mir stockt der Atem. Sie sieht so wunderschön aus. Bilder von vorhin schieben sich vor mein inneres Auge; wie sie unter mir gelegen hat. Wie sich ihre zarten Lider herabgesenkt haben. Wie die Tiefe der Röte in ihren Wangen intensiver wurde, als sie sich dem Höhepunkt näherte.

Großer Gott, ich will mich schon wieder auf sie stürzen. Will all das erneut erleben. Unbedingt. Und genau deshalb müssen wir jetzt reden. Ich lege mir die Worte sorgfältig zurecht. »Keiner von uns beiden ist hierher gekommen und hat erwartet, was geschehen ist.«

Sie lacht auf. »Das stimmt allerdings.«

Ermutigt von ihrer Reaktion rede ich weiter. »Ich mag dich. Und es hat sich wirklich toll angefühlt.«

Schalk blitzt in ihren Augen auf. »Was ist? Möchtest du jetzt von mir hören, dass du gut warst?«

Grinsend stoße ich sie mit der Schulter an – erst im letzten Moment wird mir bewusst, wie dumm diese Idee war. Kakao ergießt sich über ihre Decke, sie funkelt mich wütend an. »Mann, Kellan! Das war echte Verschwendung.«

Ich lache auf. »Dann koche ich dir gleich noch einen.«

Sie nimmt einen Schluck aus der deutlich geleerten Tasse. Ich werde das Gefühl nicht los, dass sie Zeit schinden will.

»Also…«

»Also?« Sie mustert mich zurückhaltend.

»Was spricht dagegen?«

Ihre rechte Augenbraue wandert langsam in die Höhe. »Du bist Kiras Bruder. Ich bin frisch getrennt. Und du kannst mich eigentlich nicht leiden.«

Oh, jetzt hört es aber auf. Mit einer einzigen Bewegung habe ich ihr die Tasse entwunden und beiseitegestellt, dann werfe ich mich auf sie. Ihre Augen weiten sich merklich, vermutlich, weil sie bemerkt, wie wenig mich ihre Nacktheit unberührt lässt. »Den Gedanken, dass ich dich nicht leiden kann, haben wir doch schon am ersten Tag entkräftet, oder nicht?« Ich beiße in ihre Unterlippe, ziehe sie sanft ein Stück hinab, um sie dann einzusaugen. Als ich sie mit einem leisen »Plopp« wieder freigebe, ist ihr Blick verschleiert. »Ich kann dich sogar sehr gut leiden, sonst hätte ich nicht mit dir geschlafen.«

Sie seufzt zittrig auf. Es wäre ein Leichtes, sie nun weiter aus der Fassung zu bringen, aber noch habe ich sie nicht dort, wo ich sie dafür gerne hätte, also richte ich mich widerstrebend auf. »Dass Kira meine Schwester ist, dürfte kein Problem sein. Sie wird sicherlich keine Probleme damit haben.«

»Außer wir hassen uns plötzlich«, wirft Marie ein, klingt aber nicht gerade, als würde sie das erwarten.

Ich verdrehe die Augen. »Wieso sollten wir das tun?« Dann atme ich tief durch. »Und was deinen Ex betrifft … es ist mir eine Freude, jegliche Erinnerung an ihn auszulöschen.« Misstrauisch kneife ich die Augen zusammen. »Du willst ihn doch nicht zurück, oder?«

Sie schüttelt hektisch mit dem Kopf. »Nein. Sicher nicht. Ich fühle mich nicht gut, vor allem, weil mir die Jahre mit ihm wie eine einzige Verschwendung vorkommen, aber das Thema ist endgültig vorbei.«

»Gut.« Mehr brauche ich nicht. »Was mich betrifft, sind die Fronten ausreichend geklärt.«

Als ich mich erneut auf sie stürze, widerspricht sie mir nicht. Im Gegenteil. Ihre Lippen sind weich und nachgiebig, und plötzlich stellt es kein Problem mehr dar, dass die Decke verrutscht.

Gut.

Ich habe nämlich noch eine Menge Pläne für diesen Tag.

9
Marie

Ich dachte, es würde komisch werden.

Aber nein.

Abgesehen von einer kleinen Meinungsverschiedenheit bezüglich der Wahl des Schlafzimmers ist es beinahe zu gut. Natürlich hat Kellan sich durchgesetzt, und als ich am kommenden Morgen neben ihm in seinem Bett wach werde, bin ich zunächst gehörig verwirrt. Das verfliegt jedoch, sobald mir bewusst wird, in welchen Genuss ich komme. Kellan schläft, obwohl es mit Sicherheit bereits nach sieben ist, er wirkt entspannt und friedlich.

Kann man selbst im Schlaf so dermaßen zufrieden sein?

Er scheinbar schon.

Errötend denke ich an die vielen Male, die wir miteinander geschlafen haben. Noch mehr jedoch hallt die Erinnerung an unser Gespräch in mir nach. Wir sind erwachsen, ja. Und wir haben beschlossen, der unbestreitbaren Anziehungskraft nachzugeben.

Wie es weitergeht, wenn wir die Hütte wieder verlassen? Ich mag gar nicht darüber nachdenken. Viel einfacher ist es, sich auf das Hier und Jetzt zu konzentrieren. Darauf, dass er neben mir liegt. Nichts erinnert mehr an seine stählerne Ablehnung vom ersten Tag.

Ich kichere leise auf. Stählern kann man jetzt nur noch ein Körperteil von ihm bezeichnen.

Atemlos presse ich mein Gesicht ins Kissen, um meinen Lachanfall zu verbergen. Ich fühle mich albern und aufgekratzt; gleichermaßen will ich ihn nicht wecken. Mir scheint, er hat den Schlaf dringend nötig.

Schon nach wenigen Momenten beschließe ich, aufzustehen. Auf Zehenspitzen schleiche ich mich aus dem Zimmer, halte die Luft an, während ich die Tür hinter mir ins Schloss ziehe und ins Bad husche, um mich zumindest kurz frisch zu machen. Ich fühle mich seltsam belebt, so als hätte ich es tatsächlich geschafft und mein altes, niedergeschlagenes »Ich« zurückgelassen.

Ziel erreicht?

Gut gelaunt hüpfe ich die Treppe nach unten und koche eine Kanne Kaffee. Während er durchläuft, kümmere ich mich um den Kamin. Als mein Blick auf den Teppich fällt – und auf das Sofa –, erröte ich bis unter die Haarspitzen. Verlangen pulsiert in mir hoch, dabei könnte ich schwören, körperlich nicht in der Lage zu sein, ihn so schnell wieder aufzunehmen.

Offenbar sieht besagter Körper das aber anders.

Bewaffnet mit einer großen Tasse Kaffee und ein paar Marmeladenbroten kuschle ich mich schließlich auf die Couch, kämpfe gegen die allzu lebhaften Erinnerungen an und öffne meinen Laptop. Beinahe ängstlich erwarte ich ein überfülltes Postfach.

Und genauso kommt es.

Noch immer scheint Kellan tief und fest zu schlafen, also beschließe ich, mich in die Arbeit zu stürzen. Nur einen kurzen Blick in die sozialen Netzwerke gestehe ich mir zu – mit dem Ergebnis, dass ich empört keuche.

Leif ist in einer neuen Beziehung.

Das kommt ... überraschend. Und irgendwie auch nicht.

Wut tobt in meiner Magengrube. Nicht, weil ich ihn ernsthaft zurückwollte, sondern weil der Mistkerl mich eiskalt angelogen hat. Von wegen, da wäre noch niemand

Neues! Und mich plagt ein schlechtes Gewissen bei dem Gedanken, dass ich Sex mit einem anderen Mann hatte!

Am liebsten würde ich etwas so Kindisches tun wie meinen Status ebenfalls auf vergeben zu setzen, aber das ist unter meinem Niveau. Außerdem sind Kellan und ich nicht zusammen, ich würde also lügen.

Etwas zittrig zwar, aber entschlossen logge ich mich aus, um mich ganz der Arbeit zu widmen. Die ist wenigstens gnädig, beschäftigt mich, ohne mich auf das unmittelbare, aktuelle Gefühlschaos zu stoßen. Denn darin stecke ich, aber sowas von. Typisch für mich. Ich kann nicht einfach nur mit einem Mann schlafen und es als etwas rein Körperliches abtun. Ich muss es analysieren und Dinge hineininterpretieren, die nicht da sind.

Seufz.

Etwa eine Stunde versinke ich in meinem aktuellen Manuskript, lange genug, um wieder in der Materie zu sein. Gerade, als ich den Flow spüre, als ich die drängenden Gedanken an Leif und Kellan und meine aktuelle Situation endlich abgestellt und mich in den Zeilenwelten verloren habe, ertönt eine raue Stimme von oben, reißt mich effektiv zurück in die Realität.

»Marie?«

Eilig klappe ich den Laptop zu, beinahe rutscht er mir vom Schoß. Erschrocken stelle ich fest, dass ich alles um mich herum vergessen habe. Der Kamin verlangt dringend nach Aufmerksamkeit und mein Kaffee ist kalt geworden. Aber noch wichtiger erscheint mir der Mann, der auf der Galerie steht und zu mir hinunterblickt. Verschlafen – und nackt.

»Hier unten«, erwidere ich rau, als wäre das nötig. Als hätte er mich nicht längst entdeckt.

Ein träges Lächeln umspielt seine Lippen. »Schätze, ich habe verschlafen.«

»Nein«, erwidere ich mit pochendem Herzen. »Du hast deinen dringend nötigen Schlaf nachgeholt.«

»Ich bin alleine aufgewacht.«

Klingt das etwa vorwurfsvoll? »Ich musste ...« Ja, was?

Sein Lächeln wird breiter. Auffordernd streckt er die Hand nach mir aus. »Komm. Ich will duschen. Mit dir.«

Was soll ich dazu sagen? Zittrig lege ich meinen Laptop beiseite und komme wackelig auf die Füße. Während ich die Treppe zu ihm hinaufsteige, verschränken sich unsere Blicke, und mit jedem Schritt, dem ich ihm näher komme, verfliegt mehr von der Beklommenheit.

Wir sind erwachsen.

Wir fühlen uns zueinander hingezogen.

Und er ist so verdammt sexy.

»Guten Morgen«, murmelt er, als ich ihn erreicht habe. Sanft streichen seine Lippen über meine Stirn.

»Morgen«, erwidere ich atemlos. Dann lasse ich mich von ihm ins Bad führen.

❄

Auch an diesem Tag blicke ich in einen strahlend blauen Himmel, dafür sinken die Temperaturen in einen zweistelligen Minusbereich. Nach einem ausgiebigen Frühstück beschließen wir, uns an die Abfahrt ins Tal zu wagen. Es dauert bestimmt eine Stunde, bis wir Kellans Auto ausreichend vom Schnee befreit und die Auffahrt so weit geräumt haben, dass wir starten können. Zu diesem Zeitpunkt bin ich derart durchgeschwitzt, dass ich in Erwägung ziehe, doch einfach in der Hütte zu bleiben, aber mich reizt ein ganz besonderer Plan. Einer, den Kellan nach kurzem Zögern erstaunlich gut aufgenommen hat.

Wir wollen einkaufen – um Plätzchen zu backen.

Ich hege den dringenden Verdacht, dass Kellans anfänglicher Protest nur gespielt war. Insbesondere, weil er ein wenig zu motiviert bei der Sache war, als es ans Schneeräumen ging. Ob ihn die Aussicht antreibt, ich könnte nackt, nur mit Kochschürze bedeckt, in der Küche stehen? Wer weiß. Aber alleine der Umstand, dass er Lust hat, die Weihnachtsbäckerei anzuheizen, beflügelt mich.

Leif hatte das nie. Er ist immer geflüchtet, wenn ich Rezepte hervorgekramt habe, hat meine Plätzchen nicht einmal gegessen, obwohl ich das sogar ganz gut fand – so blieb mehr für mich. Aber ein bisschen getroffen hat es mich doch.

Gott. Ich darf nicht ständig all diese Vergleiche ziehen. Das hier ist kein Wettstreit; Kellan nimmt Leifs Platz nicht ein, soll er auch gar nicht. Und dennoch kann ich all diese Gedanken nicht abstreifen. Vermutlich, weil die Trennung so frisch ist. Hier haben wir den großen Nachteil auf dem Silbertablett präsentiert: Es ist faktisch nicht möglich, Kellan Leif *nicht* gegenüberzustellen, dafür ist einfach nicht genug Zeit zwischen Trennung und diesem Abenteuer verstrichen. Mit dem daraus resultierenden Gefühlschaos muss ich einfach klarkommen.

Die Bergstraße ist zum Glück geräumt. Nicht einwandfrei, aber ausreichend, damit ich keine Todesängste ausstehe, während wir uns bergab arbeiten. Obwohl es nur wenige Meter Luftlinie entfernt steil nach unten geht, klebe ich am Fenster und lasse den Ausblick auf mich wirken. Der Schnee hat die Talsohle erreicht. Wohin das Auge auch reicht, befindet sich eine perfekte Winterlandschaft, wie ich sie seit Jahren nicht mehr gesehen habe. Weiße Flächen, nur unterbrochen von kleinen Ortschaften. Rauchende Schornsteine, schneebedeckte Tannen, zugefrorene Seen. Mich erfasst seltsame Beklommenheit, gleichzeitig bin ich überglücklich, hier zu sein und diesen Anblick sehen zu dürfen. Nach der Trennung war meine Weihnachtsstimmung dahin, die Aussicht auf die Feiertage wie ein schlechter Witz. Jetzt wird mir bewusst, dass uns nicht einmal mehr eine Woche von Heiligabend trennt, und plötzlich kann ich es kaum noch erwarten. Aus vollstem Herzen kann ich behaupten, dass meine Feiertagsstimmung zurückgekehrt ist. Gemessen daran, dass ich die Adventszeit liebe, ist diese Erkenntnis mehr, als ich mir hier je zu erhoffen gewagt hätte. Gleichzeitig wünschte ich mir, die Zeit würde stehenbleiben. Ich will für immer in dieser kleinen, perfekten Blase bleiben, in der Kellan und ich uns gerade befinden. Aber das wird nicht geschehen. Unsere Zeit ist begrenzt, und das Ende naht unaufhörlich. Seltsamerweise macht mir diese Aussicht viel mehr aus als erwartet.

Kellan scheint zu bemerken, dass ich tief in Gedanken versunken bin. Er lässt mich in Ruhe, dreht das Radio auf und stöhnt gequält, als »Last Christmas« ertönt. Ich singe lautstark mit.

Wir steuern den Supermarkt an, in dem ich in einem anderen Leben für meine Selbstmitleidswoche eingekauft habe. Die Regale sind ziemlich leergefegt; vermutlich haben die Anwohner ihre Vorräte aufgestockt, falls ein neuerlicher Sturm aufkommen sollte. Oder die Hamsterkäufe für die Feiertage gehen bereits los, auch möglich. Dennoch finden wir alles, was ich auf die Liste geschrieben habe. Vorfreude breitet sich in mir aus. Neben klassischen Vanillekipferln und Engelsaugen will ich auch ein neues Rezept ausprobieren, das zu großen Teilen aus Schokolade, Marzipan und Nüssen besteht. Kellan schiebt brav den Einkaufswagen und mir fällt mehr als einmal auf, dass er Aufmerksamkeit erregt. Vornehmlich bei den weiblichen Einkäufern.

Die ganze Situation hat etwas so Alltägliches, dass es mir schwerfällt, Grenzen zu ziehen. Wir gehen das erste Mal zusammen einkaufen, und doch fühlt es sich so an, als würden wir das schon seit Jahren tun. Zeit mit ihm zu verbringen ist so einfach. Angenehm. Selbst ein Ausflug in den Supermarkt entwickelt sich zu Spaß.

Als ich alle Zutaten zusammen habe, schmeißt Kellan ein paar weitere Sachen in den Wagen: Wein, Steaks, große Kartoffeln und Bohnen. Ich hebe fragend die Augenbraue, vor allem, als ich den lächerlich hohen Preis vom Fleisch entdecke, doch er lässt sich nicht beirren. An der Kasse kommt es zu einer kleinen Rangelei, und mal wieder ist er derjenige, der sich durchsetzt. Er bezahlt alles, auch die Zutaten für die Kekse, und ich schmolle – bis er mir einen süßen, verheißungsvollen Kuss gibt, der den schmachtenden Ausdruck aus dem Gesicht der jungen Kassiererin wischt.

Nimm das.

Auf dem Rückweg sind wir gesprächiger. Kellan erzählt mir von vergangenen Ausflügen. Scheinbar kommt er hierher, seit er denken kann, und schon früh hat er gelernt, Ski und Snowboard zu fahren. Ich stelle mir vor, wie er mit verspiegelter Brille eine schwarze Abfahrt nimmt, spüre, wie mich der Gedanke antörnt. Dann denke ich daran, wie blöd ich mich auf Skiern anstelle, und das ernüchtert mich augenblicklich. Hoffentlich will er mich nicht noch auf den Berg locken; diese Schmach würde ich mir gerne ersparen.

»Im Nachbarort gibt es ein verdammt gutes Restaurant. Von außen macht es nicht viel her, aber dort gibt es richtig leckere, deftige Gerichte. Dorthin führe ich dich noch aus.«

Seine Ankündigung kommt wie aus heiterem Himmel; kurz bevor wir unsere kleine Einfahrt erreicht haben. Ich wende mich Kellan überrascht zu, mein Herz flattert heftig los. Es ist eine Sache, miteinander zu schlafen und einkaufen zu gehen. Aber eine ganz andere, *auszugehen*. Sich *ausführen zu lassen*. Augenblicklich liegen mir hunderte Worte auf der Zunge, die ich jedoch mühsam herunterschlucke, aus Angst vor der Konsequenz. Diese Art von Gespräch will ich nicht führen, nicht jetzt. Also nicke ich lediglich zustimmend.

Kellan scheint das zu reichen.

In der Ferne ziehen Wolkenberge auf, die jedoch nicht so dunkel und bedrohlich wirken wie bei meiner Ankunft. Dennoch bin ich seltsam erleichtert, als wir die warme Behaglichkeit der kleinen Hütte erreichen, nicht zuletzt, weil sich hier mein kleines Weihnachtsabenteuer so richtig entfaltet. Zunächst lasse ich es drauf ankommen; in der Küche trage ich nichts als die Schürze und meinen hochgeschnittenen Slip. Allerdings komme ich so nicht dazu, auch nur das erste Rezept herauszusuchen.

Wir landen wieder vor dem Kamin.

Im Anschluss schlüpfe ich sicherheitshalber in meine bequemsten Klamotten, ehe wir uns wieder davontreiben lassen und uns eine Fuhre im Ofen anbrennt oder so. Trotzdem dauert das Backen viel, viel länger, als ich erwartet hätte. Vielleicht, weil Kellan mich immer wieder an sich zieht und küsst. Oder weil ich längst nicht so konzentriert bei der Sache bin wie sonst. Aber es ist schön. *Wunderschön* sogar. Weihnachtsmusik spielt im Hintergrund, und ich singe aus vollstem Herzen mit, wiege mit den Hüften, hüpfe durch die Gegend. Die meiste Zeit beobachtet Kellan mich belustigt, aber manchmal, wenn er sich unbeobachtet fühlt, sehe ich, wie auch seine Mundwinkel sich bewegen. Der Anblick freut mich mehr als alles andere. Scheinbar ist Kellan weitaus mehr ein Weihnachtsmensch als ...

Leif. Verdammt. Diese Art von Gedanken wollte ich doch nicht mehr hegen!

Als wir gegen Mitternacht das letzte Blech aus dem Ofen holen, habe ich Rückenschmerzen, fühle mich völlig zerstört – aber zufrieden. Jedes Jahr aufs Neue verdränge ich, wie anstrengend Backen wird. Auch wenn ich dieses Jahr Unterstützung hatte, ich fühle mich erschlagen. Dafür haben wir nun bergeweise Kekse, die wir in Tütchen füllen und verschenken können. Oder – ich lache auf, als ich sehe, wie Kellan sich einen weiteren Keks in den Mund steckt – selber essen.

In dieser Nacht schlafen wir wieder in seinem Bett. Kurz habe ich befürchtet, Kellan würde auf Sex spekulieren, doch entweder spürt er meine Erschöpfung oder er ist selbst zu müde, denn er zieht mich lediglich an seine Brust und wir schlafen binnen Sekunden ein.

Was für ein überraschend perfekter Tag.

10 Kellan

Die Zeit hier oben ist wie ein Traum.

Aber sie endet bald.

Ich beobachte Marie dabei, wie sie mit nachdenklich gerunzelter Stirn auf den Laptop starrt und gelegentlich wie eine Wilde los tippt. Ihre Füße liegen auf meinem Schoß, ich selbst versuche zu lesen.

Wenn ich mich nicht gerade von ihr ablenken lasse.

Ich fühle mich berauscht, gleichzeitig seltsam verwirrt. Meine Worte waren durchaus ernst gemeint. Das hier hat keiner von uns erwartet. Und solange man auch ohne weitere Erwartungen an die Sache herangeht, ist alles ganz leicht.

Nur fange ich an, diese Taktik in Frage zu stellen.

Problematisch an der Sache ist, dass unsere Wege sich nicht einfach so trennen werden. Ich kann nicht davonfahren und die Tage hier oben als kleines Abenteuer abhaken, das sein Ende gefunden hat. Marie ist Kiras Freundin, und da meine Schwester und ich uns nahe stehen, werden unsere Wege sich unweigerlich kreuzen. Und verdammt, ich weiß einfach nicht, ob ich ohne weiteres so tun kann, als wäre nichts zwischen uns gelaufen, wenn ich sie das nächste Mal treffe. Außerhalb dieser kleinen, perfekten Blase.

Mit jedem verstreichenden Tag, den wir in einer seltsam vertrauten Routine verbringen, werden die drängenden Gedanken in meinem Hinterkopf lauter. Marie ist liebenswert. Sie ist wunderschön, lustig, liebevoll und leidenschaftlich – und nicht eine Faser ihres Körpers arrogant. Ich könnte mir selbst in den Hintern treten, weil ich etwas in der Art überhaupt in Erwägung gezogen habe.

Und da liegt das große Problem begraben. Als ich mich auf dieses Abenteuer eingelassen habe, war ganz sicher nicht mein Ziel, dass es über unseren Aufenthalt hinausgehen könnte. Ich habe das zwar auch nie kategorisch ausgeschlossen, habe aber einfach nur in den Tag gelebt. Doch je näher wir dem Ende kommen, desto unwilliger werde ich. Es ist schön mit ihr. Zuzusehen, wie sie in albernen Weihnachtsliedern aufgeht, wie sie tanzt und singt und ihre Augen strahlen. Wie sie sich leidenschaftlich in die Arbeit stürzt, selbst wenn sie in einer Ferienhütte steckt. Wie sinnlich sie isst, wenn ich sie bekoche. Wie süß ihre Küsse schmecken – und wie verheißungsvoll. Es ist das Gesamtpaket. Die Summe all dieser Besonderheiten. Erneut wage ich einen Blick in ihre Richtung – und erstarre, als ich ihren dunkelblauen Augen begegne.

»Was ist?«, fragt sie mich, und ein sanftes Lächeln umspielt ihre vollen Lippen. Augenblicklich denke ich daran, sie zu küssen, aber etwas hält mich zurück. Das herrschende Chaos in meinem Innersten, die ungeklärten Fragen. Was auch immer.

Ich versuche jedenfalls, mir nichts anmerken zu lassen, erwidere ihr Lächeln und streiche dabei über ihren Spann. »Nichts. Ich entspanne.«

»Indem du mich beobachtest?« Ihre linke Augenbraue wandert aufreizend langsam nach oben.

»Auch das.« In dem Bestreben, nichts preiszugeben, attackiere ich unvermittelt ihre Fußsohle. Sie kreischt auf, beinahe rutscht ihr der Laptop vom Schoss. Anstatt wie viele andere Frauen deshalb zu protestieren, klappt sie ihn kurzerhand zu, wirft ihn eine Spur zu schwungvoll auf den Couchtisch – und stürzt sich auf mich, um sich zu revanchieren. Mein Herz schmerzt vor Zuneigung und Freude, und ich versuche, diese bittersüßen Gefühle einzudämmen. Sie sind definitiv zu früh – und zu viel. Nichts, worüber ich jetzt mit ihr reden will und werde. Stattdessen lasse ich mich auf ihr Spiel ein, in dem vollen Bewusstsein, dass sie mir sowas von unterlegen sein wird.

Im Kitzeln bin ich eindeutig Weltmeister. Dinge, die man lernt, wenn man großer Bruder ist.

❄

Am kommenden Tag will ich sie wie angekündigt ausführen. Den ganzen Tag über herrscht eine seltsame Stimmung. Ich habe Marie morgens angekündigt, am nächsten Tag abreisen zu müssen. Zu *müssen*. So fühlt es sich nämlich an. Ein kleiner Teil von mir scheint gehofft zu haben, dass sie mich dann begleitet, doch offenbar will sie noch eine Weile bleiben, will erst passend zu den Feiertagen fahren. Ich dagegen muss noch ein paar Schichten einschieben, inklusive der verhassten an Heiligabend. Schätze, spätestens jetzt ist uns beiden klar, dass das zwischen uns komplizierter ist als ein kleines Winter-Wunder-Abenteuer. Mir auf jeden Fall.

Jedenfalls reagiert sie verhalten auf meine Ankündigung, ausgehen zu wollen. Ich weiß nicht, was ich erwartet habe; nicht unbedingt Kniefall und freudiger Applaus, aber zumindest mehr als ein zögerliches Nicken und das kurze Zucken ihrer Mundwinkel.

Ich spüre einen seltsamen Stich in der Brust.

Anstatt die verbliebene gemeinsame Zeit zu nutzen, vergräbt sie sich hinter ihrem Laptop und brütet über ihren aktuellen Auftrag. Um zu verhindern, dass ich doch mit all den Gedanken herausplatze, die ich mit mir herumtrage, suche ich mir Beschäftigung. Ich räume den Hof bis zum Carport, damit Marie problemlos fahren kann, wenn es so weit ist. Außerdem fülle ich den Holzvorrat auf, bis kein weiterer Scheit hineinpasst, packe meine Sachen und checke meine Nachrichten zum ersten Mal seit Tagen.

Kira scheint dezent auszuflippen. Zumindest hat sie ihre ganz eigenen Theorien, wieso Marie und ich seit einer Weile kaum noch auf sie reagieren. Ich verkneife mir ein Grinsen, schicke ihr ein knappes »Alles in bester Ordnung« und schalte mein Handy dann wieder aus. Die letzten Stunden will ich möglichst ohne Alltagseinflüsse hinter mich bringen. Die Realität wird mich noch früh genug einholen.

Die Sonne verschwindet, erst hinter einer dichten Wolkendecke, dann in der Dämmerung. Weil noch immer ein wenig Zeit bleibt, ehe wir aufbrechen wollen, ziehe ich mich noch ein wenig zurück, um einer spontanen Idee nachzukommen. Ich nutze dafür den Platz neben dem Carport; nicht direkt einsehbar vom Haus, aber auch nicht zu übersehen, wenn sie zu ihrem Auto geht. Spätestens also am Tag ihrer Abreise.

Im Anschluss kehre ich durchgefroren ins Haus zurück – und stelle erfreut fest, dass Marie ihren Laptop endlich beiseitegelegt hat. Sie wirkt mehr als zufrieden.

»Bist du fertig geworden?«

Sie lächelt mich triumphierend an. »Aber sowas von. Mein Rückstand ist aufgeholt. Vielleicht schaffe ich es doch noch, mir ein paar freie Tage zwischen den Feiertagen zu gönnen.«

»Das wäre doch super.« Ich ignoriere wieder einmal die bittersüße Schwere, die mich bei ihren Worten ergreift, trete näher und umfasse ihr Gesicht mit beiden Händen. Augenblicklich kreischt sie auf.

»Du bist kalt!«

»Sag bloß.« Mit blitzenden Augen grinse ich sie an. »Ich brauche jetzt eine heiße Dusche. Kommst du mit?«

Sie zögert nur minimal, ehe sie mir folgt. Gott sei Dank. Zum ersten Mal an diesem Tag fühlt es sich so an wie zuletzt, während wir uns gegenseitig waschen und liebkosen.

Anschließend zieht sie sich in ihr Zimmer zurück, um sich für den Abend herzurichten. Ich selbst brauche nur wenige Minuten. Meine Garderobe ist überschaubar, aber ich habe eine frische Jeans und einen dunkelgrauen Pullover mit V-Kragen dabei, der eng anliegt und zu so ziemlich jeder Situation passt. Ich gebe mir sogar die Mühe, meine Locken zu bändigen, die wieder einmal eine Spur zu lang geworden sind. Marie scheint es zu gefallen, so oft, wie sie mit ihren Fingern hindurchfährt. Mich beschleicht der Gedanke, dass ich meinen geplanten Friseurbesuch aufschieben sollte.

Nicht, dass es wirklich eine Rolle spielt.

Wie erwartet bin ich vor ihr fertig. Also laufe ich nach unten, kümmere mich um den Kamin und räume schnell das Geschirr vom Tag in die Spüle. Sobald Schritte hinter mir ertönen, wirble ich herum – und mir stockt der Atem.

Als Marie behauptet hat, nichts Geeignetes für einen Restaurantbesuch dabei zu haben, habe ich ihr versichert, dass ich sie auch in Jogginghose mitnehmen würde. Ihr Anblick jedoch stimmt mich glücklich, dass es nicht so weit kommen musste.

Sie sieht wunderschön aus. Offenbar hat sich in dem Chaos ihres Zimmers ein smaragdgrüner Rollkragenpullover versteckt, der sich eng an ihre Kurven schmiegt, sowie ein schwarzer Wollrock, der bis zu ihren Knien reicht. Dazu trägt sie eine blickdichte, ebenfalls schwarze Strumpfhose. Ihre Haare hat sie hochgesteckt, und selbst von weitem erkenne ich kleine, glitzernde Stecker in ihren Ohrläppchen. Verdammt.

Wunderschön trifft es nicht einmal annähernd.

Während sie mir näher kommt, blitzt Unsicherheit in ihren Augen auf, verschwindet aber sogleich wieder, als ich meine Hand an ihre Wange lege. »Was für eine Verschwendung«, murmle ich, ehe ich ihre Lippen koste. Sie hat irgendeinen Lipgloss aufgetragen, der süßlich schmeckt. Ich lecke ihn ab.

Marie lacht atemlos auf. Als wir uns voneinander lösen, tobt ein Sturm in ihren dunkelblauen Augen, wie die aufgewühlte See an einem Winternachmittag. Ich streiche mit dem Daumen über ihren Wangenknochen und genieße, wie ihre Lider deshalb flattern.

»Verschwendung?«, bringt sie schließlich hervor.

Ich lache. »Wenn wir Zeit miteinander verbringen, ist jeglicher Lippenstift unnötig. Ich küsse ihn dir sowieso schnell fort.«

»Dann ist ja gut, dass ich mich nicht für den knallroten entschieden habe.« Sie zwinkert mir zu. »Obwohl der dir sicher auch stehen würde.«

Ich werfe den Kopf in den Nacken und lache los. Gleichzeitig blitzen Bilder vor meinem inneren Auge auf, die mit Marie und tiefroten Lippen zusammenhängen. Vielleicht … will ich das doch irgendwann einmal sehen.

Als wir uns kurze Zeit später auf den Weg machen, kann ich meine Finger nicht von ihr lassen. Wann immer es mir möglich ist, lege ich meine freie Hand auf ihren Schenkel, streiche über die glatte Strumpfhose, fahre unter den Saum des Rocks, der bereits ziemlich weit hochgerutscht ist, und genieße die Hitze, die sie ausströmt, obwohl sie zunächst erschaudert.

Ich drehe die Autoheizung voll auf, während wir den schmalen Bergpfad hinab ins Tal nehmen, bis ich mir sicher sein kann, dass ihr Zittern nicht mehr von den unterkühlten Temperaturen kommt.

Die Fahrt dauert etwa dreißig Minuten. Dreißig Minuten, die wir vornehmlich schweigen. Ich denke unweigerlich an das letzte Mal, als wir zusammen im Auto saßen. Wir haben für die Plätzchen eingekauft, und auf dem Hinweg war Marie ähnlich schweigsam, während sie auf der Rückfahrt Weihnachtslieder gesungen und auf dem Sitz getanzt hat. Nun wirkt sie irgendwie ganz weit weg. Ich wage es nicht, sie darauf anzusprechen, obwohl ich am liebsten jeden Gedanken hören würde, der durch ihren hübschen Kopf geistert. Mehr als alles andere wüsste ich gerne, was sie beschäftigt. Gerade jetzt, in diesem Moment. Was uns betrifft. Aber ich halte den Mund und bin beinahe erleichtert, als wir unser Ziel erreichen, ehe die Stimmung zwischen uns womöglich merkwürdig wird.

Von außen betrachtet ist das Restaurant wie angekündigt ziemlich unscheinbar. Die Fassade ist holzverkleidet, doch das ist auch schon alles, was sich abhebt. Hier ahnt man noch nichts von der weitläufigen Terrasse oder dem Ausblick, von den gemütlichen Sitzecken und dem prasselnden Feuer in einem Kamin, der mindestens dreimal so groß ist wie unserer. Marie verliert kein Wort darüber, wirkt deshalb nicht einmal irritiert, doch als ich sie hineinführe und uns eine Kellnerin an einen Tisch bringt, der sich im hinteren Bereich befindet, nahe der Fensterfront, die einen atemberaubenden Blick auf einen zugefrorenen See bieten würde, wenn es noch heller wäre, beginnen ihre Augen zu glänzen. Sehnsucht erfasst mich, und ich balle meine Hände, ehe ich sie hier und jetzt an mich ziehe und leidenschaftlich küsse. Seltsamerweise fühlt sich das nämlich auf einmal zu viel an, obwohl ich in den letzten Tagen nichts anderes getan habe. Die Stimmung zwischen uns ist aufgeladen.

Vor ihr zu sitzen, umringt von anderen Menschen, die sich aus ähnlichen Gründen hier treffen, fühlt sich so gut an. Richtig. Ich bin machtlos meinen Gedanken gegenüber, die zu kreisen beginnen. Die ganze Zeit über sehe ich es klar vor meinen Augen: All die Orte zuhause, an die ich sie führen würde. Seltsamerweise fügt sie sich einfach so ein. Als wäre es das Selbstverständlichste der Welt, kann ich mir vorstellen, wie diese gemeinsame Zeit auch nach unserem Kurzurlaub weitergeht, wie wir uns weiterhin treffen, uns nahe sind, uns besser kennenlernen. Aber ich weiß nicht, wie sie darüber denkt, ihre Zweifel tönen mir noch mehr als deutlich im Ohr.

Frisch getrennt.

Ich bin Kiras Bruder.

Also finde ich nicht den Mut, sie darauf anzusprechen. Aus Angst, die letzten Stunden zu zerstören, die wir noch haben, schweige ich, obwohl dies hier der richtige Ort wäre, um mit ihr darüber zu reden, wie es weiter geht. Ich fühle es einfach, und doch finde ich nicht die passenden Worte.

Marie entscheidet sich für ein typisch-deftiges Gericht, Gulasch mit Rotkohl und Knödeln. Ich selbst wähle den Krustenbraten. Solange wir auf unser Essen warten, plaudern wir über die Arbeit. Während Marie wieder dieses Funkeln in den Augen bekommt, spüre ich selbst deutlich mehr Zurückhaltung. Vielleicht, weil es gerade meine Arbeit ist, die mich zur Abreise zwingt. Vielleicht, weil ich noch nie gerne darüber gesprochen habe, auch wenn mich mein Job mit Stolz erfüllt. So oder so ist sie es, die die meiste Zeit redet, und damit bin ich mehr als zufrieden. Ihre Begeisterung für ihren Beruf, für die Arbeit an fremden Texten, die sie ganz offensichtlich irgendwie adoptiert, reißt mich mit, obwohl ich vorher nie einen richtigen Bezug dazu hatte. Aber es passt so gut zu ihr, als wäre der Job für sie maßgeschneidert. Außerdem ist es schön, ihrer melodischen Stimme zu lauschen. Wahrscheinlich könnte sie mir sogar von irgendwelchen Belanglosigkeiten berichten und ich würde ihr dennoch gespannt zuhören.

Das macht sie mit mir.

Dieser erste Teil des Abends ist angenehm, leicht. Schwieriger wird es für mich, sobald das Essen vor unsere Nase steht. Dann nämlich ist es zunehmend hart, ihr ruhig gegenüber zu sitzen und zuzusehen, wie sie genüsslich einen Bissen nach dem anderen in den Mund schiebt. Meine Kehle wird eng, während ich beobachte, wie ihre Lippen sich um die Gabel schließen, wie ihre Lider herabsinken, weil es ihr so gut schmeckt, und wie sie ein zufriedenes Schnurren von sich gibt. Diese Frau ist leidenschaftlich in allem, was sie aus vollstem Herzen tut. Mehr und mehr bin ich davon überzeugt, dass ich all das nicht früher feststellen konnte, weil Leif sie eingeschnürt hat. Denn jeder Tag, der verstreicht, jede Stunde, die sie weiter von ihm trennt, lockert ihr Korsett. Ich sehe es, ich spüre es. Aber ich spreche diese Gedanken nicht aus. Freiwillig will ich diesen Kerl nicht zwischen uns stellen.

Leise Musik spielt im Hintergrund, ausnahmsweise mal keine Weihnachtslieder, und die Gespräche um uns herum sind allesamt gedämpft, werden zwischendurch aber immer wieder durch herzliches Gelächter aufgelockert. Die Atmosphäre ist so angenehm wie ich sie in Erinnerung habe. Wir waren bereits als Kinder hier, so lange gibt es das Restaurant schon, und der Koch ist immer noch derselbe wie bei meinem ersten Besuch. Als ich Marie davon erzähle, leuchten ihre Augen auf. Wir ergehen uns in einigen Anekdoten aus unserer Kindheit. Ich konzentriere mich auf jene, bei denen Kira nicht so gut abschneidet, aber es macht viel zu viel Spaß, Marie damit zum Lachen zu bringen.

»Das werde ich ihr alles erzählen«, droht sie mir irgendwann zwischen zwei Lachsalven.

Ich zucke grinsend mit den Schultern. »Mach. Was soll sie schon groß dagegen tun?«

»Sich revanchieren? Dann erfahre ich all die pikanten

Details aus deiner Kindheit.« Ihr Grinsen wird breit – erstarrt jedoch, als ich ihr Handgelenk umfasse und über die empfindliche Stelle an der Innenseite streiche, wo ich ihren Puls flattern spüre.

»Oh, die besonders pikanten Details kennst du bereits aus erster Hand.«

Ihre Lippen teilen sich, dann presst sie sie wieder aufeinander. Aber ihre Augen lachen.

Ich zwinkere ihr zu.

Die Stimmung zwischen uns lädt sich spürbar auf. Dennoch bestehe ich darauf, dass wir uns eine Portion Schokoschmarrn mit Pfirsichkompott teilen. Marie verdreht genüsslich die Augen, als sie zum ersten Mal davon kostet. »Ich glaube, ich liebe dich dafür«, stöhnt sie, sobald sie den Mund geleert hat – und ich atme scharf ein.

Natürlich bemerkt sie nicht, was ihre Worte in mir auslösen, spürt nicht, wie mein Herz unkontrolliert zu rasen beginnt, wie mein Brustkorb sich zusammenzieht. Und wie all die verwirrenden Gedanken in mir sich zu einem einzigen kanalisieren: *Kannst du mich auch so lieben?*

Können wir uns lieben?

Hat das mit uns eine Chance?

Etwas unwirscher als nötig reibe ich mir durchs Gesicht, um dieses Chaos zu vertreiben. Ich komme mir vor wie der letzte Idiot. Ein paar Tage unter einem Dach mit einer Frau, prasselndes Kaminfeuer und ein Schneesturm, und schon verwandle ich mich in einen liebeskranken Kerl. Ich sollte das lieber für mich behalten.

Innerhalb kürzester Zeit ist der Nachtisch verputzt. Ich habe Marie alles bis auf eine Gabel voll überlassen. Nicht, weil ich es nicht mochte; eher die Mischung aus Zuneigung … und Angst um meine Finger. Ihre Augen haben seltsam geglitzert und ihre Gabel ein wenig zu heftig gezuckt, als ich es gewagt habe, zu probieren.

Marie protestiert lautstark, als ich sie einlade. Ich verkneife mir ein Grinsen, während ihre niedliche Schimpftirade an mir abprallt. »Ich sagte doch bereits, dass ich dich ausführe«, ist alles, was ich darauf erwidere. Sie läuft rot an, versucht, die Rechnung an sich zu reißen, und als ich es verhindere, schiebt sie ihre Unterlippe schmollend hervor. Ich schnipse lächelnd dagegen und lache los, weil sie nach meinem Finger schnappt.

Ehe wir schließlich aufbrechen, führe ich sie noch auf die Terrasse. Ich gehe direkt vor zum Geländer; Marie tritt wenige Sekunden später neben mich und mustert mich mit leuchtenden Augen.

»Im Sommer kann man hier sitzen und zusehen, wie sich die untergehende Sonne im See spiegelt. Es gibt nicht viele friedlichere Anblicke. Insbesondere, wenn man eine Wanderung in den Bergen hinter sich hat und hier seine erschöpften Glieder ausstreckt.« Marie rückt näher. Ich bin machtlos, kann nicht anders, rede weiter, ehe ich es verhindern kann. »Wir sollten mal herkommen, wenn es wärmer ist. Und länger hell.«

Sie lächelt mich warm an. »Das klingt nach einem guten Plan.«

Ihre Worte sind alles, was ich brauche. Ein kleiner Silberstreifen Hoffnung am Horizont. Vielleicht nur dahergesagt, vielleicht mehr. Unvermittelt beuge ich mich zu ihr hinab und küsse sie, mit all der Leidenschaft, die ich aufbringen kann. Schon schmiegt sie sich seufzend an mich, und ich versuche, meine Gedanken im Zaum zu halten. Sanft umfasse ich ihren Hinterkopf, während sie ihre Arme um mich schlingt, und der Moment ist perfekt.

Die Rückfahrt verläuft ähnlich schweigsam wie die Hinfahrt, kommt mir aber längst nicht so angespannt vor. Stattdessen erfüllt mich prickelnde Aufregung. Insbesondere, als Marie ihre Hand auf meinen Oberschenkel legt und sanft zudrückt; so als müsste sie mir beweisen, dass sie wirklich da ist.

Berauscht von unserem Kuss, der erst unterbrochen wurde, als ein weiteres Pärchen auf die Terrasse getreten ist, von dem guten Essen und der Gewissheit, das ich irgendwie mein Herz an sie verloren habe, sehne ich mich danach, anzukommen. Ein letzter Abend. Ich will jede Sekunde auskosten; will sie spüren. Will nicht einen weiteren Augenblick verschwenden. Davon gab es heute schon viel zu viele.

11
Marie

Dreißig Minuten können lang sein, sie können aber auch verfliegen. Heute ziehen sie wie in einem Rausch an mir vorbei. Der Abschied schwebt zwischen uns in der Luft, ist so greifbar wie ein grauschwarzer Vorhang, aber ich versuche, ihn beiseitezuschieben. Kellan hat mich den ganzen Abend so intensiv gemustert, dass jeder Zentimeter meines Körpers brennt. Ich fühle mich schön, begehrt, von ihm gewollt. Und ein letztes Mal will ich mich diesem Gefühl hingeben, in dem vollen Bewusstsein, dass unser kleiner Traum enden wird.

Aber was morgen geschieht, geschieht morgen. Jetzt ist der Moment alles, was zählt.

Wie schon zuvor parkt Kellan seinen Wagen direkt vor der Haustür. Er springt praktisch aus dem Wagen, kaum dass alle vier Räder stehen, und eilt zu mir herum. Ich habe gerade so die Zeit, mich abzuschnallen, da reißt er die Beifahrertür bereits auf – zieht mich in die Arme und küsst mich fiebrig, leidenschaftlich, als wäre es alles, woran er die letzten dreißig Minuten gedacht hätte.

Ich protestiere nicht, während er mich zur Haustür trägt. Beschwere mich nicht, als seine heiße Zunge in meinen Mund dringt und mich so forsch erobert, als müsste er ein Zeichen hinterlassen. Und als wir in die Hütte straucheln, verliere ich kein Wort darüber, dass wir beinahe das Gleichgewicht verlieren. Stattdessen lache ich glücklich auf.

Es knallt laut, vermutlich, weil Kellan die Tür mit dem Fuß zugestoßen hat. Dann stolpert er mit mir zur Garderobe, wo er mich schließlich doch auf die Füße gleiten lässt – nur, um mir dabei zu helfen, aus meiner Jacke zu schlüpfen. Seine Dringlichkeit belustigt mich, gleichzeitig facht sie ein Feuer tief in meinem Innersten an.

Ich fühle mich fast wie ein Teenager, aufgeregt und ungeduldig, während wir unsere Jacken einfach zu Boden fallen lassen, direkt neben unsere Schuhe. Kellan zieht mich an sich, und sein Kuss ist fast noch leidenschaftlicher als der zuvor. Seine Finger graben sich in meine Taille, ich schlinge meine Arme um seinen Hals und öffne meine Lippen zeitgleich mit seiner vorschnellenden Zunge. Mein Herz bricht beinahe aus dem Brustkorb. Jede Faser meines Körpers spürt und begreift, was hier gerade passiert. Die Dringlichkeit, als würde uns die Zeit davon rinnen. Als müssten wir jede Sekunde ganz besonders auskosten – weil es exakt genau so ist. Unser Abenteuer endet früher, als mir lieb ist, und daher lege ich mein ganzes Herz, mein Verlangen in unsere Küsse.

Kellan geht es offenbar genauso. Seine Lippen schmecken nach Leidenschaft und Abschied zugleich.

Einmal mehr trägt er mich, indem er meine Schenkel umfasst und mich anhebt; ich schlinge meine Beine um seinen Körper, klammere mich an ihm fest, ohne den Kuss auch nur einen Moment zu unterbrechen. Lust ballt sich glühend heiß in meinem Unterleib zusammen. Rohe Begierde, vermischt mit einem Hauch Verzweiflung, weil ich weiß, dass es das letzte Mal sein wird. Der letzte Abend. Die letzte Vereinigung.

Anders kann es nicht sein.

Anstatt nach oben zu gehen, steuert Kellan den Platz vor dem Kamin an, so wie bei unserem ersten Mal. Mein Herz droht zu zerbersten, als er mich erstaunlich sanft auf dem Teppich bettet. Die Leidenschaft in seinen Augen lodert heller als die verbliebenen Flammen im Kamin. Mit erhobenem Finger bedeutet er mir, zu warten, dann legt er eilig zwei Scheite auf das Feuer und schürt die Flammen. Ehe ich auch nur meine Gedanken sortieren konnte, ist er schon wieder bei mir; knüpft an, wo er aufgehört hat.

Er küsst mich tief und so gründlich, dass mein Atem stockt. Beinahe hilflos kralle ich mich in seine Locken.

Die Leidenschaft spült mich davon. Mit zittrigen Fingern zerre ich an seinem Pullover, während er meinen Rock hochschiebt. In einem einzigen Durcheinander aus Gliedmaßen und Küssen schaffen wir es, uns aus unserer Kleidung zu befreien, erfüllt von einer Leidenschaft, die ich so noch nie zuvor zwischen uns bemerkt habe. Meine Strumpfhose reißt, die Nähte seines Pullovers knacken, aber es spielt keine Rolle.

Ich brenne. Nach seinen Berührungen. Nach seinen Lippen, die heiß über meinen Kiefer gleiten, meinen Hals hinab, bis er meine Brust findet, noch verhüllt von meinem BH. Ohne sich daran zu stören, saugt er meine Brustwarze ein, der Stoff wird feucht, intensiviert das Gefühl um ein Vielfaches. Ich verdrehe die Augen, machtlos und erfüllt von einer so ziehenden Sehnsucht, dass ich spüre, wie sich Tränen einen Weg an die Oberfläche bahnen. Ich kämpfe verbissen dagegen an.

Als Kellans Hände über meinen Rücken wandern, wölbe ich mich ihm entgegen, damit er den BH einfacher öffnen kann. Sobald der feste Stoff aufspringt, seufze ich auf – und kurz danach schon vergeht mir jeder Laut, während er sich meiner anderen Brust widmet, dieses Mal ohne Stoff zwischen uns.

Brennendes Holz knackt hinter mir; ich spüre die strahlende Hitze vom Feuer und die noch intensivere Wärme von Kellans Körper. Unsere Begierde ist roh; instinktgetrieben. Anders als zuvor.

Ganz, ganz anders.

Abrupt dringt er in mich ein. Obwohl er sich im Vergleich zu sonst nicht mit einem längeren Vorspiel aufgehalten hat, bin ich mehr als bereit für ihn. Ich stöhne langgezogen auf, während die süße Dehnung mich verschlingt. Kellan fängt meinen Laut auf, presst seine Lippen auf meine, und es fühlt sich besitzergreifend an. Vielleicht verzweifelt.

Wir lassen uns von der Leidenschaft davontreiben. Der Akt ist hart, schnell und so verdammt gut. Kellan packt irgendwann mein Bein, schiebt es auf seine Schulter, verändert so den Winkel, mit dem er in mich eindringt, mich bevollmächtigt. Die Kraft seiner Stöße schiebt mich über den Teppich, näher zum Kamin, und das flackernde Licht taucht sein schönes Gesicht in warme Rot- und Orangetöne, zeichnet seine Züge weich.

In diesem Moment fühlt es sich an, als wollte mein Herz brechen, gleichzeitig scheint es zu wachsen. Ich kann gar nicht anders, beobachte ihn, sehe, wie er seinen Kopf nach hinten wirft, wie er leidenschaftlich stöhnt und Schweißperlen über seine Stirn laufen. Alles an ihm wirkt so richtig, so echt. Authentisch. Seine feuchten Locken kleben an den Seiten. Ausnahmsweise fahre ich nicht über seine Kopfhaut, sondern umfasse sein Gesicht, ziehe es zu mir hinab, bis er mich erneut küsst, bis seine Zunge im Takt seiner Stöße mit meiner spielt. Ich brauche mehr, kann gleichzeitig aber nicht sagen, wie genau ich dieses »Mehr« erreichen kann. Es scheint nicht zu reichen, ganz gleich, was ich tue.

Gefangen in diesem Strudel aus Sehnsucht und Verlangen überwältigt mich der Orgasmus so urplötzlich, dass ich dieses Mal die Tränen nicht zurückhalten kann. Sie strömen mir aus den Augen, während ich von heftigen Wellen der Lust geschüttelt werde, und augenblicklich mischt sich Melancholie unter die Leidenschaft. Kellan folgt mir wenige Stöße später. Als er kommt, reißt er die Augen auf, sie wirken glasig und gerötet.

Ich schlucke fest.

Für einen Moment glaube ich, dass es das war, dass er sich nun von mir rollt und wir verlieren, was uns für wenige Tage vergönnt war, doch die Rechnung habe ich ohne Kellan gemacht. Ohne je aus mir zu gleiten, beugt er sich über mich, bedeckt mein Gesicht mit zarten Küssen; Mundwinkel, Wangen, meine Nasenspitze, meine Lider. Sobald er über meine Schläfe fährt und unweigerlich die salzige Flüssigkeit schmeckt, hält er inne, doch als er meinen Blick sucht, schüttle ich heftig mit dem Kopf. Ich will nicht reden, nichts erklären. Will diesen Moment um nichts in der Welt gefährden.

Er versteht, sagt nichts.

Eine ganze Weile liegen wir vor dem prasselnden Feuer, das langsam an Energie verliert. Es scheint ein Sinnbild unserer Traumblase zu sein; die Flamme vergeht. Dennoch trägt er mich irgendwann die Treppe hinauf und in sein Bett, wo wir erneut miteinander schlafen. Dieses Mal langsamer, zärtlicher. Das genaue Gegenteil von der Leidenschaft am Feuer, aber mindestens ebenso intensiv, wenn nicht noch umwerfender. Alles in mir gerät in Schieflage, meine Gefühle spielen verrückt. Aber ich schweige.

Ich weiß nicht, wie spät es ist, als ich schließlich einschlafe, völlig verausgabt von dem Durcheinander und den lustvollen Stunden. Viel geredet haben wir nicht mehr. Keine Versprechen, die wir brechen könnten. Keine Klarheit darüber, wie es weitergehen wird.

Morgen, vertröste ich mich erschöpft. *Ehe er abreist.*

Dann schlafe ich ein, an ihn gekuschelt und zufrieden.

❄

Beim Erwachen spüre ich sofort, dass etwas nicht stimmt. Ich weiß nicht, woran es liegt: Ein Gefühl? Vielleicht ein Geräusch – oder das komplette Fehlen davon? Jedenfalls werde ich nicht so behaglich wach, wie ich eingeschlafen bin, sondern reiße meine Augen plötzlich auf, mit rasendem Herzen und davon überzeugt, dass etwas nicht so ist, wie es sein sollte.

Ich rolle mich herum, starre ins Leere. Dort, wo heute Nacht Kellan gelegen hat – und all die Nächte zuvor – ist niemand. Die Laken sind zerwühlt, das Kissen eingedrückt, aber Kellan ist weg. Ich fahre über die Matratze und spüre nichts als Kälte. Wann auch immer er aufgestanden ist, er hat seine Wärme mitgenommen. Und es ist nicht gerade eben erst passiert.

Ruckartig setze ich mich auf, lasse meinen Blick durch sein Zimmer schweifen. Gestern Abend habe ich dem keine Aufmerksamkeit gewidmet, jetzt bemerke ich jedoch, dass nichts mehr da ist. Sein Koffer fehlt, seine Sachen, alles. Nicht, dass er sich so ausgebreitet hat wie ich, er hatte seinen Kram stets geordnet. Aber zwischen geordnet und *weg* ist immer noch ein himmelweiter Unterschied! Ein eiliger Blick zu seinem Nachttisch verrät mir, dass sogar sein Buch bereits fort ist.

Scheiße.

Das ungute Gefühl wächst zu einem bedrückenden Klumpen an. *Er wird doch nicht etwa ...?*

Unbeholfen strample ich mich aus der Decke und erzittere, als die kühle Luft auf meine nackte Haut trifft. Heute Nacht habe ich mir nicht die Mühe gemacht, mir etwas anzuziehen. Naiverweise habe ich erwartet, dass wir heute Morgen vielleicht noch einmal miteinander schlafen würden, außerdem hat Kellans Nähe mich gewärmt. Jetzt erschaudere ich zutiefst, während ich Ausschau nach meinen Sachen halte und feststelle, dass nichts davon hier liegt.

Natürlich. Wir haben uns ja auch unten ausgezogen.

Obwohl ich bereits zittere, springe ich nackt aus seinem Zimmer auf die Galerie. »Kellan?«

Ich klinge atemlos, leicht panisch, und ich hasse die Bedürftigkeit, die ich damit ausstrahle. Die Schwäche. Gleichzeitig spüre ich, wie meine Knie weich werden, als er nicht antwortet. Ich muss gar nicht länger horchen oder erneut nach ihm rufen, mein Verstand sagt mir bereits, was ich instinktiv gespürt habe.

Er ist weg.

Weg.

Hinter meinen Augen beginnt es zu brennen. Nicht so leicht wie gestern, kein *»dagegen-komme-ich-an«*. Diesen Kampf verliere ich, ehe er überhaupt begonnen hat, weil erste Tränen bereits über meine Wangen rollen.

Im Kamin knistert ein Feuer; das Holz ist so weit heruntergebrannt, dass es schon eine Weile an sein muss. Atemlos suche ich das Erdgeschoss weiter ab. Er hat aufgeräumt. Nichts deutet auf unsere Leidenschaft hin. Meine Sachen liegen ordentlich gefaltet auf der Sofalehne, meine Jacke hängt an der Garderobe. Seine ist weg.

Mir entkommt ein leises Schluchzen.

Mein erster Impuls ist, nach unten zu rennen und mich restlos davon zu überzeugen, dass er wirklich fort ist, aber die Kälte nagt an mir, lässt mich heftig zittern. Vielleicht ist es auch mehr als das, mehr als die kühlen Temperaturen und meine Nacktheit. Aber diese Gedanken lasse ich nicht zu. Betäubt wende ich mich ab, schleiche in mein Zimmer, das in seinem Chaos keinen direkteren Kontrast zu Kellans Raum bilden könnte. Betäubt fische ich nach einer Jogginghose, einem dicken Pullover und frischer Unterwäsche, dann schlurfe ich ins Bad. Zu entdecken, dass

Kellans Kulturbeutel fehlt, ist wie ein weiterer Schlag ins Gesicht.

Nach wie vor drängt alles in mir danach, ihn zu suchen. Vielleicht ist es nur ein Missverständnis, ich interpretiere es falsch. Womöglich war er gerade nur am Auto, um seine Sachen zu packen, und wenn ich jetzt nach unten laufe, steht er wie all die anderen Tage in der Küche, kocht Kaffee und wartet auf mich.

Aber ein Teil von mir weiß es bereits besser.

Nur deshalb lasse ich mir viel Zeit. Stelle mich unter die Dusche, wo mich augenblicklich Erinnerungen an ihn fluten. Wasche mein Haar und meinen Körper, spüle jede Spur fort, die er womöglich hinterlassen hat – abgesehen von dem kleinen roten Mal an jener Stelle, wo der Hals in die Schulter übergeht. Dort hat er vergangene Nacht gesaugt, als er zum zweiten Mal gekommen ist …

Ich schluchze erstaunlich laut auf, dafür, dass er bis vor wenigen Tagen noch überhaupt keine Rolle in meinem Leben gespielt hat. Lauter, als ich es nach Leifs Tiefschlag getan habe. Das gibt mir zu denken.

Als ich schließlich langsam die Treppe ins Erdgeschoss hinuntersteige, hat sich Ärger zu meiner Trauer gemischt. Erneut lasse ich meinen Blick schweifen, und es ist, als wäre er nie hiergewesen. Das macht mich *sauer!*

Mit jedem Schritt, den ich näher Richtung Küche und damit Tür komme, kocht die Wut in mir höher. Mein Blick schweift zur Kaffeemaschine – und ich stöhne auf, als ich sehe, dass er eine Thermoskanne bereitgestellt hat. Ich muss nicht nachsehen, um zu wissen, dass er mir Kaffee gekocht hat. Ein letztes Mal. Selbst mein Marmeladentoast hat er mir geschmiert.

Aber er ist nicht *da!*

Atemlos reiße ich die Tür auf – und jeder noch verbliebene Zweifel fällt in sich zusammen. Kein Auto. Er ist fort.

Muss bereits in den frühen Morgenstunden gefahren sein, hat sich einfach so davongeschlichen, ohne sich zu verabschieden. Ohne dass wir noch einmal darüber reden konnten, was wirklich zwischen uns geschehen ist. Ohne dass ich ihm gestehen konnte, dass ich nicht bereit bin, ihn ziehen zu lassen ...

Tränen laufen über meine Wangen. Ich wische sie wütend fort, bin erfüllt von einer solch hitzigen Wut, dass mir schlecht wird. Mein Gott! Mir war klar, dass er abreisen würde – aber doch nicht so früh! Nicht ohne noch einmal mit mir zu reden? War ich ihm nicht einmal ein »Auf Wiedersehen« wert? Blind starre ich nach draußen, verharre im Türrahmen; gefangen zwischen den Überresten meiner kleinen Traumblase und der ungnädigen Realität, die bereits an mir nagt. Der Himmel ist grau, kleine, pudrige Schneeflocken rieseln träge vom Himmel. Ich müsste froh sein, mich noch eine Weile im Warmen einkuscheln zu können, doch in mir herrscht nichts als eine Narbenlandschaft. Es fühlt sich an wie eine weitere Trennung. Als hätte es nicht gereicht, dass Leif mich wie aus dem Nichts absägt. Nun musste auch Kellan einfach so verschwinden.

Der Ärger wird intensiver, nur umfasst er nun auch mich. Ich lache bitter auf. Was habe ich denn schon erwartet? Kellan ist genauso plötzlich abgehauen, wie er aufgetaucht ist. Nur war sein Verschwinden längst nicht so überraschend. Ich wusste es von Anfang an. Der gesamte gestrige Tag hat sich nur darum gedreht, dass er heute abreist. All meine Gedanken galten diesem Thema, unser letztes Mal war bestimmt von den bittersüßen Gefühlen des bevorstehenden Endes.

Was habe ich also erwartet?

Auf diese Frage habe ich plötzlich keine Antwort mehr. Mein Herz fühlt sich an, als würde es implodieren, während ich die Tür wieder ins Schloss schiebe. Betäubt schlurfe ich an der Küche vorbei und direkt zum Sofa, wo ich mich unter die graue Decke kuschle, die frisch gewaschen duftet. Nachdem ich Kakao darauf verschüttet habe, hat Kellan sie in die Waschmaschine gesteckt. Stumpf starre ich auf den Teppich; er liegt noch genauso schief vor dem Kamin, wie wir ihn gestern Nacht zurückgelassen haben. Immerhin ein Hinweis darauf, was geschehen ist, nur tröstet mich dieser Anblick nicht, im Gegenteil. Er verstärkt das Ziehen in meiner Brust nur noch.

»So ein verdammter Mist!«, rufe ich in die dichte Stille der Blockhütte. Zum ersten Mal seit Tagen erhalte ich keine Antwort.

Plötzlich erfüllt von dem Gefühl, getrieben zu sein, springe ich auf. Ich durchsuche die Hütte von oben bis unten, fest davon überzeugt, dass Kellan mir irgendetwas hinterlassen hat. Ein Zeichen. Einen Abschiedsbrief (und ja, ich weiß, wie makaber das klingt), Hoffnung. Klarheit. Irgendetwas, an das ich mich klammern kann. Doch selbst nach über einer Stunde, nachdem ich alle Orte abgesucht habe, die Sinn ergeben, und auch viele, die weniger Sinn machen, ist da nichts. Kein Hinweis darauf, dass er hier war; abgesehen natürlich von der Thermoskanne und dem Marmeladentoast. Als hätte ich mir all das nur eingebildet.

Ganz kurz ziehe ich diese Option sogar in Erwägung, sie erscheint mir besser als der Umstand, dass er sich wortlos verzogen hat. Aber so gerne ich mich auch in fiktiven Welten verliere, ich stehe mit beiden Beinen ausreichend fest auf dem Boden, um zu wissen, dass dies nichts als ein Hirngespinst ist, der vage Versuch, die Verletzung kleinzureden, die er mir mit seinem Verhalten zugefügt hat.

Also überwiegt erneut die Wut. Ich verstehe einfach nicht, wieso er das getan hat. Wieso er einfach verschwunden ist. Verzweifelt presse ich meine Hände vor die Brust, um sie daran zu hindern, auseinanderzubrechen.

Es ist lächerlich, wie sehr mich seine Abreise schmerzt. Als hätten wir uns getrennt, so wie Leif und ich. Nur fühlt es sich jetzt noch drängender an, noch schmerzhafter.

Aber *wieso?*

Wir haben wenige Tage miteinander verbracht. Fünf. Davon haben wir uns einen sogar ziemlich genervt. Die Zeichen sprechen alle gegen das, was zwischen uns geschehen ist. Und doch hat er sich irgendwie unter meine Haut geschlichen. Zu Beginn habe ich mich danach gesehnt, hier wieder alleine zu sein. Jetzt wünsche ich ihn mir dringend herbei. Und ich komme mir dabei so richtig bescheuert vor.

Stöhnend vergrabe ich mein Gesicht in den Händen, froh darüber, dass niemand mich sieht. Vornehmlich Kellan. Ich bin ein verdammtes Wrack, und das zieht so viele Fragen nach sich, deren Antworten ich fürchte.

Also schiebe ich all das beiseite.

An diesem Tag komme ich nicht zur Ruhe. Ich widme mich ganz der Arbeit, immer mit dem Ziel vor Augen, an den Feiertagen den Laptop zugeklappt lassen zu können, doch meine Konzentration lässt zu wünschen übrig. Es ist nicht gerade hilfreich, dass der Schneefall dichter wird; Erinnerungen an den vergangenen Sturm drängen sich ebenso in mein Bewusstsein wie jene an unseren ersten Kuss, als wir der Anziehungskraft nicht mehr widerstehen konnten. Herzklopfen im Schnee – eine unverhoffte Entwicklung, die mir vorkam wie ein Abenteuer, aber irgendwie mehr geworden ist.

Nur stehe ich wieder alleine da. Erneut muss ich damit zurechtkommen, dass mein Herz bricht.

Ich bin wirklich verloren.

❄

Am nächsten Tag packe auch ich meine Sachen. Der Wetterdienst kündigt eine weitere Sturmfront an, außerdem fühle ich mich nicht mehr richtig wohl, so alleine in der Hütte. Die Erinnerungen an die gemeinsame Zeit mit Kellan überlagern alles. Sorgfältig sammle ich all meinen Kram zusammen, säubere den Kamin, räume den Kühlschrank aus und kontrolliere sämtliche Fenster und Türen.

Ehe ich meine Sachen nach draußen schleppen kann, klingelt mein Handy. Seit gestern warte ich auf eine Nachricht von Kellan, obwohl ich ihm nie meine Nummer gegeben habe – oder er mir seine. Nur weil ich hoffe, dass er es endlich ist, zerre ich mein Handy derart eilig aus der Hosentasche, dass es mir beinahe aus den Fingern gleitet – und seufze enttäuscht auf, als ich Kiras Namen auf dem Display erkenne. Gleiche Familie, falsche Person. Widerwillig nehme ich den Anruf entgegen.

»Du lebst!«, brüllt sie mir praktisch ins Ohr.

Ich schnaufe los. »Natürlich. Was denkst du denn?«

»Eine Menge.« Sie klingt ein wenig verschnupft. »Du warst noch nie so schlecht erreichbar wie jetzt.«

»Tut mir leid«, murmle ich abgelenkt. Ich trage bereits meine Boots, aber da sie noch trocken sind, marschiere ich kurzerhand zurück zum Sofa, ohne sie von den Füßen zu kicken. Mein Gefühl sagt mir, dass dieses Gespräch dauern könnte.

»Schon okay. Du hattest ja deine Gründe.«

Etwas an ihrem Tonfall lässt mich aufmerken. Für ein mitfühlendes »du-wurdest-verlassen«-Gespräch klingt sie eine Spur zu vergnügt. Misstrauisch kneife ich die Augen zu. »Das kann man wohl sagen.«

»Hast du was von ihm gehört?«

»Leider nein«, entfährt es mir, ehe ich es verhindern kann. In Gedanken war ich bei Kellan, aber mir wird schmerzlich bewusst, dass sie vermutlich Leif gemeint hat. Dementsprechend reagiert sie auch.

»Leider? Heißt das, du willst ihn zurück?«

Ich lache schnaubend auf. »Nein, auf keinen Fall. Ich hab keine Ahnung, wieso ich das gesagt habe. Ich bin froh, ihn los zu sein. Das mit uns lief doch schon eine Weile nicht mehr richtig.« Diese Überzeugung habe ich allerdings erst so richtig durch Kellan erlangt; wieso sonst war ich in der Lage, mich derart schnell auf ihn einzulassen? Wieso sonst gaukelt mein verwirrtes Herz mir vor, ich würde mehr von ihm wollen?

»Das ist gut.« Sie seufzt. »Jetzt kann ich es ja sagen: Ich habe ihn nie richtig gemocht.«

Das raubt mir doch kurz den Atem. »Du bist nicht die Erste, die das sagt.«

Kira lacht auf. »Tja, da siehst du mal. Gut, dass diese Episode vorbei ist.«

»Episode ist wohl das richtige Wort.«

Eine Weile herrscht Schweigen, ehe Kira erneut zu reden beginnt. »Und jetzt? Du bist noch in den Bergen?«

Ich nicke, ehe ich meine Reaktion verspätet akustisch untermale. »Ja, aber nicht mehr lange. Du hast mich gerade auf dem Sprung erwischt. Ich wollte losfahren, ehe der nächste Sturm ausbricht. Da ist wieder was im Anmarsch.«

Kira seufzt auf. »Das muss so romantisch und gemütlich gewesen sein. Gut, dass du nicht alleine warst. Wer weiß, was hätte geschehen können, wenn es noch heftiger gekommen wäre.«

Ihr seltsamer Unterton lässt mich aufmerken, aber ich gehe nicht darauf ein. »Dann hätte ich schon den Generator anschmeißen können. Ich hatte genug Lebensmittel für ein paar Tage und sowieso nicht das Bedürfnis nach Unternehmungen. Aber es war trotzdem nett, dass Kellan da war. Wir haben uns besser kennengelernt.«

»Das ist schön.«

Wieder dieser Unterton … ob sie etwas ahnt? Hat Kellan etwas erwähnt? »Kira, ich …«

Plötzlich ertönt im Hintergrund lautes Gebrüll. Ich zucke zusammen. »Tut mir leid, Süße, ich muss los, meine Pause ist vorbei. Zwei Tage noch, dann habe ich endlich Urlaub. Ich kann es kaum erwarten. Bleibt es dabei, dass wir ins *Fabios* gehen?«

»Natürlich.« Das *Fabios* ist ein gemütlicher kleiner Italiener, wo wir uns jedes Jahr am 27. treffen, um unsere Geschenke auszutauschen. Ich freue mich schon jetzt auf einen Abend mit Pasta, Wein und Tiramisu. »Aber bis dahin sprechen wir noch.«

»Ja, das sowieso. Halt die Ohren steif und fahr vorsichtig. Ich brauche dich.«

Ehe ich etwas erwidern kann, hat sie bereits aufgelegt. Verwirrt starre ich auf mein Handy. Das war … irgendwie seltsam.

Abgelenkt schleppe ich nun doch meinen Kram nach draußen. Ich muss dieses Mal nur zweimal gehen, weil ein Großteil der Einkäufe fehlt. Beinahe übersehe ich es. Erst, als ich rückwärts ausgeparkt habe und bereit bin, alles hinter mir zu lassen, bemerke ich den seltsam geformten Hügel aus dem Augenwinkel. Einer spontanen Eingebung folgend, löse ich meinen Gurt und steige noch einmal aus.

Dann treten mir Tränen in die Augen.

Direkt neben dem Carport, windgeschützt und teilweise vom Dach bedeckt, stehen zwei Schneemänner. Genauer gesagt – ein Schneemann und eine Schneefrau. Es braucht ein wenig Fantasie, aber ich erkenne, was sie tun. Sie stecken inmitten einer Schneeballschlacht. Vielleicht bilde ich es mir auch nur ein. Vielleicht ist es mein dummes Herz, das versucht, Zeichen zu entdecken. Die beiden Skulpturen reichen mir etwa bis zur Hüfte, sie wirken zufrieden. Nicht zuletzt dank der lächelnden Münder, die Kellan mithilfe von Zweigen ins Gesicht geformt hat.

Seltsam, dass sie noch stehen. Instinktiv ahne ich, dass Kellan sie vorgestern gebaut haben muss, an jenem Nachmittag, als er die Einfahrt geräumt hat und ich mich mies gelaunt in die Arbeit gestürzt habe. Es berührt mich zutiefst und heizt all die komplizierten Gefühle an, die mich beherrschen, seit ich seine Abreise bemerkt habe.

Trauer.

Wut.

Sehnsucht.

Diese *verdammte* Sehnsucht.

Mein erster Impuls: ihn anrufen. Nur habe ich ja seine Nummer nicht, und Kira werde ich sicher nicht danach fragen. Nicht nach diesem seltsamen Unterton in ihrer Stimme.

Also knipse ich lediglich ein Foto, oder genauer gesagt ungefähr zwanzig, und steige schließlich in meinen Wagen. Zurück lasse ich einen Teil meines Herzens und die Gewissheit, dass ich mir nichts vormachen kann. Wie auch immer es möglich war, ich habe mich in Kellan verliebt. Und das macht die ganze Situation verdammt kompliziert. Keine Ahnung, wie wir das in Zukunft regeln sollen.

12 Kellan

Wie erwartet drehen die Leute vor den Feiertagen nochmal so richtig durch. Ich verliere selten viele Worte darüber, aber wenn die Menschen wüssten, mit wie viel Delikten die Polizei sich ausgerechnet in der pseudobehaglichen Zeit auseinandersetzen muss – ich schätze, das würde den einen oder anderen nachdenklich stimmen. Wohlweislich verschweige ich es also; auch wenn es mich mehr und mehr ankotzt. Besonders schlimm ist ein heftiger Verkehrsunfall am 23., bei dem mehrere Autos beteiligt sind und sogar zwei Kinder verletzt werden. Nicht schwer, aber ausreichend, um erst einmal ins Krankenhaus transportiert werden zu müssen. Bittere Tränen und die Angst, Weihnachten zu verpassen, gereizte Eltern, die sich die Schuld gegenseitig in die Schuhe schieben wollen, sowie eine ganze Menge Gaffer sorgen für die perfekte Krönung der stressigen Adventszeit.

Großartig.

Aber obwohl ich kaum Zeit zum Durchatmen habe, empfinde ich es als viel schlimmer, Marie nun schon seit meiner Abreise nicht mehr gesehen zu haben – geschweige denn, von ihr gehört. Drei Tage sind eigentlich nicht viel. Wenn man aber bedenkt, was sich in drei Tagen zwischen uns verändert hat, ist es plötzlich doch eine Ewigkeit.

Zugegeben, einfach abzuhauen war nicht die beste meiner Ideen. Aber Marie hat so tief und friedlich geschlafen, die Nacht war kurz. Ich wollte nicht, dass es schlussendlich doch noch seltsam zwischen uns wird, wollte die sehnsüchtige Leidenschaft in Erinnerung behalten, das Bild von ihrer schlaftrunkenen Miene, als sie sich an mich gekuschelt hat. Jetzt jedoch bereue ich es, ihr nicht einmal einen Zettel hinterlassen zu haben. Auch wenn ich an jenem Morgen die Geste mit dem Frühstück als ausreichend empfunden habe – je mehr Tage des Schweigens vergehen, desto überzeugter bin ich davon, dass sie meinen Abgang nicht gerade gut aufgenommen hat. Ich kann ihr da nicht einmal widersprechen. Es war feige. Nichts anderes. Aus Angst, Dinge auszusprechen, die unsere gemeinsame Zeit kaputt machen, habe ich lieber gar nichts gesagt. Jetzt liegen mir all die ungesagten Worte schwer auf der Zunge, aber ich kann sie nicht loswerden. Zwar hat Kira direkt durchschaut, dass etwas im Busch ist, dazu musste sie mir nicht einmal fünf Sekunden in die Augen blicken, doch ich habe mir jeden Kommentar verkniffen. Sie hat mich dennoch seufzend in den Arm genommen, so als hätte sie direkt in mein Hirn geblickt. Frauen. Ich werde diese Fähigkeit nie ganz verstehen.

Die Arbeit lenkt mich ab, aber spätestens wenn ich am Ende des Dienstes in meine Wohnung zurückkehre, denke ich an die vergangenen Tage zurück, an die gemeinsamen Stunden, das Lachen.

Zum Glück hat Kira mir versprochen, das Thema fallen zu lassen. An dieser Stelle habe ich wohl am meisten verraten, indem ich ihr erleichtert zugestimmt habe. Aber hey, es ist schließlich meine Sache, wie ich damit umgehe, dass ich mich in ihre beste Freundin verliebt habe. In ihre frisch getrennte, beste Freundin. Nach wie vor erfüllt mich der Gedanke an den Lackaffen Leif mit tiefer Befriedigung und Irritation zugleich. Dazu komme ich mir vor wie der letzte Depp. Jahrelang keine Beziehung und wenig Zeit für Abenteuer, und kaum verbringe ich ein paar Tage mit einer Frau, teile ein Bett mit ihr, male ich mir eine große Zukunft aus.

Wann genau habe ich mich in diese Art von Kerl verwandelt?

Während ich mindestens eine Handvoll Männer kenne, die mich deshalb mit einem Augenrollen betrachten würden, kann ich mich doch nicht beschweren. Es braucht nur eine Erinnerung an Maries funkelnde Augen, an ihre sanft geröteten Wangen und ihre kindliche Freude bei der Schneeballschlacht oder auch an jenen letzten Abend im Restaurant, und schon bin ich mit diesem Umstand versöhnt. Was mich jedoch ehrlich aufbringt, ist die Tatsache, dass all das nichts daran ändert, dass sie nicht an meiner Seite ist. Und ich kann auch nicht sagen, dass es je dazu kommen wird. Soweit ich es einschätzen kann, war ich für sie nur eine willkommene Ablenkung.

Ein Zeitvertreib?

Mann, dieser Gedanke nervt total.

Heiligabend arbeite ich bis zweiundzwanzig Uhr. Immer noch kein Lebenszeichen von Marie. Nur dank Kira weiß ich, dass sie es heile zurückgeschafft hat. Zu wissen, dass wir uns wieder in ein und derselben Stadt befinden, elektrisiert mich ebenso wie es mich belastet. Ich würde nichts lieber tun, als zu ihr zu fahren, sie an mich zu reißen und ihr durch einen Kuss zu vermitteln, was ich über uns denke. Aber ich halte mich zurück, zumindest noch.

Als ich Heiligabend nach meinem Dienst zu meinem Elternhaus fahre, ist dort alles hell erleuchtet. Mein Blick schweift über die fröhliche Dekoration in den Fenstern und im Vorgarten. Leider hat es der Schnee nicht bis hierher geschafft; unwillkürlich denke ich an die meterhohen Verwehungen und wie sich die Blockhütte mit Weihnachtsdeko machen würde. Mit einer halbnackten Marie auf dem Teppich vor dem Kamin. Seufzend reibe ich mir durchs Gesicht, verdränge die Bilder, ehe ich mich gar nicht mehr konzentrieren kann. In dem Bewusstsein, dass meine Familie bereits gegessen hat, aber mit der Bescherung auf mich wartet, gönne ich mir wenige Sekunden, um mich zu sammeln und dieses verrückte, sehnsüchtige Gefühl beiseitezuschieben, das mich plötzlich erfasst. Dann eile ich zu meiner Familie, die bereits angeheitert ist.

Zu viel Eierlikör, offensichtlich.

Kira fällt mir um den Hals, sobald ich das Wohnzimmer betrete. Obwohl ich mittlerweile dreißig bin, spüre ich immer noch kindliche Vorfreude, als ich den Tannenbaum entdecke. Kira und unsere Eltern haben ihn erst heute Morgen aufgestellt und geschmückt. Berge von Geschenken stapeln sich darunter. Ich begrüße Mama und Papa mit Umarmung und Küsschen, ehe ich mich vor den Christbaum hocke und meine Tasche leere. Ein buntes Päckchen für jeden, gemessen an den vorhandenen Geschenken eigentlich ein Witz. Unwillkürlich denke ich an das Geschenk, das noch zuhause auf meinem Schreibtisch liegt. Ich habe es aus einer spontanen Eingebung heraus gekauft, nun ist es mir fast peinlich. Aber es ist geschehen, und vielleicht werde ich es Marie ja irgendwann geben.

Oder vielleicht auch nicht.

Im Geschäft habe ich direkt an sie denken müssen, jetzt kommt mir der Gedanke, ihr quietschbunte Wollleggings zu schenken, plötzlich ein wenig schräg vor.

»Möchtest du erst was essen, Kel? Wir haben dir einen Teller vorbereitet.« Meine Mutter strahlt mich an; ihr schwarzes Haar ist von grauen Strähnen durchzogen, aber im Vergleich zu anderen Frauen steht es ihr hervorragend. Wie üblich hat sie sich herausgeputzt, trägt Rock und eine schicke Bluse, und auch mein Vater hat ein weißes Hemd herausgekramt. Kira dagegen hat sich für ihr buntestes Batikkleid entschieden, das selbst im Sommer schon Menschen in die Flucht geschlagen hat. Heute, an Heiligabend, an einem nasskalten Winterabend, wirkt es beinahe grotesk. Aber genau so ist sie – und ich liebe sie dafür.

»Können wir nicht erst die Geschenke auspacken?«, jammert meine kleine Schwester und klingt dabei, als wäre sie mindestens zwanzig Jahre jünger.

Ich verdrehe lachend die Augen. »Klar. Wir haben sowieso erst vor ein paar Stunden etwas mit den Kollegen im Revier gegessen. Maxim hat ein paar Kleinigkeiten aus diesem schicken Feinkostgeschäft mitgebracht.«

Zwar schürzt meine Mutter kurz die Lippen, ihre Augen funkeln aber vergnügt. Sie kennt meinen Appetit und weiß, dass ich später noch reinhauen werde.

»Also gut. Dann die Geschenke«, brummt mein Vater.

Wir finden uns um den Tannenbaum ein.

Wie jedes Jahr bricht heilloses Chaos aus. Es grenzt schon an Ironie, wenn man bedenkt, dass man sich wochenlang auf diesen einen Moment einstimmt und vorbereitet, aber wenn es dann so weit ist, geht es ganz schnell. Andere Familien haben Traditionen, die die Bescherung in die Länge ziehen, doch nicht unsere. Der Drang zu schenken und beschenkt zu werden war immer schon so übermächtig, dass der Moment, wenn er denn endlich gekommen ist, nicht mehr hinausgezögert werden kann. Es grenzt schon an ein Wunder, dass Kira überhaupt bereit war, auf mich zu warten.

In der kommenden halben Stunde hört man nicht viel mehr als das Reißen von Papier, freudige Ausrufe und überschwänglichen Dank, all das untermalt von flotten Weihnachtsliedern, die aus der teuren Anlage meines Vaters dröhnen. Ich bin zufrieden mit meinen Geschenken; ein paar Bücher, ein Kaschmirpullover, das alljährliche Aftershave, außerdem ein Gutschein für ein ziemlich cooles und teures Steakhaus, das erst vor ein paar Monaten aufgemacht hat. Natürlich denke ich als Erstes daran, Marie dorthin auszuführen, dann trete ich mir dafür innerlich gegen das Schienbein. Langsam nimmt das Ganze schon peinliche Ausmaße an, ich sollte mich dringend in den Griff bekommen.

Im Anschluss sitzen wir noch eine ganze Weile zusammen im Wohnzimmer. Meine Mutter und Kira trinken weiterhin Eierlikör, mein Vater ein Glas von dem Whiskey, den ich ihm geschenkt habe – und ich lasse mir die Reste vom Festessen schmecken. Es juckt mir in den Fingern, ich will Marie schreiben, sie fragen, wie ihr Abend verlaufen ist, aber nach wie vor habe ich sie nicht in meinem Handy abgespeichert.

Kira zieht immer wieder ihr Smartphone hervor, ihre Finger fliegen über das Display, sie muss erst grinsen, dann runzelt sie die Stirn. Ich beobachte sie ganz genau, spreche sie aber erst darauf an, als unsere Eltern sich kurz nach Mitternacht schließlich gähnend ins Bett verabschieden. Obwohl Kira und ich mittlerweile eigene Wohnungen haben, schlafen wir an Weihnachten immer in unseren Kinderzimmern; so wie früher. Wir müssen uns also nicht auf den Weg machen.

»Mit wem schreibst du da so fleißig?«

Kiras Blick fliegt zu mir, sie wirkt ertappt. Dann grinst sie listig. »Geht dich nichts an.«

Ich hebe beide Augenbrauen. »Wenn du mir so daher kommst – ich fürchte doch.«

Sie schüttelt den Kopf – und ist lange genug abgelenkt, damit ich ihr kurzerhand das Handy entreißen kann. Sie kreischt auf, aber es ist zu spät. Nun bin ich derjenige, der grinst. Ich springe auf, halte das Handy in die Höhe, womit Kira es definitiv nicht mehr erreichen kann – was sie aber nicht davon abhält, wie eine Irre auf der Stelle zu hüpfen und fuchtelnd nach dem Smartphone zu greifen.

»Gib es her, du Blödmann, das ist meins!«

Ich lache mich scheckig, wehre sie mit der freien Hand ab, ehe ich mich auf das Display konzentriere. So wild, wie sie geworden ist, kann es ja nur um irgendeinen Kerl gehen. Wenn schon ich mich unmöglich verliebt habe, sollte zumindest sie mehr Glück haben …

Ich erstarre. Nicht der Name irgendeines Kerls leuchtet mir entgegen, sondern ausgerechnet Maries. Das Profilbild ist winzig, aber ich kann trotzdem erkennen, dass es in den letzten Tagen entstanden sein muss, da im Hintergrund der Kamin lodert. Ihre Nachrichten sind gespickt mit ziemlich vielen Smileys, die nicht gerade glücklich wirken.

Langsam lasse ich meine Hand sinken. Sobald Kira ihr Handy erreicht, reißt sie es mir aus der Hand und funkelt mich gleichermaßen wütend und abschätzend an. Ich jedoch sehe noch immer Maries letzte Worte vor meinem inneren Auge: *Ich bin total verwirrt, Kira. Ich dachte, die Auszeit hilft, aber stattdessen herrscht ein einziges Chaos in mir.*

Scheiße.

Ich suche Kiras Blick, sie starrt mich eindringlich an. Viel zu wissend. Ich seufze auf.

»Du hast nie gesagt, was wirklich da oben passiert ist«, beginnt sie langsam.

Ich schüttle den Kopf, unfähig, es vor ihr kleinzureden – oder auszusprechen, was ich für ihre beste Freundin empfinde. Dafür bin ich selbst viel zu durcheinander. »Es geht ihr nicht gut?«

Kira atmet tief durch, zuckt mit den Schultern, nickt aber gleichzeitig. »Scheinbar. Ich habe ihr angeboten, noch vorbeizukommen. Aber das hat sie abgelehnt.«

»Denkst du, sie will …«

»Leif zurück? Gott, ich hoffe es nicht. Aber ich kann sie schlecht fragen, worum genau es bei dieser Verwirrung geht, solange du mir den Mund verbietest und ich nicht weiß, was eigentlich wirklich Sache ist!« Ihre Augen funkeln, ich merke ihr deutlich an, wie aufgebracht sie ist.

Und ich kann sie verstehen. Meine Schwester ahnt, dass etwas passiert sein muss, aber solange ich sie zurückhalte, kann sie Marie gegenüber nicht mit offenen Karten spielen – und dementsprechend ist sie ebenso ratlos wie ich.

Aber ich will nicht ratlos sein. Verdammt. Ich will endlich Klarheit! Ehe ich es verhindern kann, platzen mir Worte über die Lippen. »Ich habe mich in sie verliebt!«

Kiras Augen weiten sich so grotesk, dass es beinahe lustig ist. »*Was*?«

Ich seufze gereizt auf. »Ich sagte, ich habe mich …«

»Aber du konntest sie doch gar nicht leiden!«

Das schon wieder! Wütend presse ich die Zähne aufeinander. »Ich konnte ihren Freund nicht leiden. Und das wiederum hat mich zu der falschen Annahme gebracht, sie könnte ihm ähnlich sein. Es war ein Irrtum, das habe ich dort oben schnell festgestellt.«

Wir sinken zurück auf die Couch. Plötzlich ist mir nach einem stärkeren Drink, aber ich widerstehe dem Drang. Auch Kira lässt den Eierlikör links liegen. Dafür verknäult sie ihre Hände vor der Brust und starrt mich beinahe wie hypnotisiert an. »Jetzt ist der Zeitpunkt, mir absolut reinen Wein einzuschenken, Bruderherz. Was hast du angestellt? Du hast dich doch nicht einfach nur in sie verliebt, weil Schneesturm und Kaminfeuer so toll zusammengepasst haben? Stehst du unter irgendeinem ominösen Hüttenzauber, der dir das Hirn vernebelt hat?«

»Jetzt hör aber mal auf«, schimpfe ich heftig los. »Was ist denn so abwegig daran, dass ich mich in sie verliebe? Was bist du eigentlich für eine miese Freundin?«

Kira starrt mich an. Eine Sekunde, fünf. Dann lacht sie auf. »Gott, ja. Es ist wahr. Du hast dich in sie verknallt.«

Ich kneife gereizt in meine Nasenwurzel. »Das sagte ich bereits.«

»Und jetzt?«

»Was: *und jetzt*?« Ich beäuge sie misstrauisch. »Was willst du von mir hören?«

Sie schlägt mir beherzt gegen den Arm. »Was wohl? Was wirst du unternehmen? Ihr geht es beschissen, und ich will nicht glauben, dass es an Leif liegt. Was also gedenkst du zu tun?«

Das ist die große Frage. »Ich weiß es nicht. Vielleicht will sie mich ja auch gar nicht sehen. Ich bin wortlos abgehauen und habe seit Tagen nichts von ihr gehört ...«

»Sie aber auch nichts von dir.«

Ich wedle diesen Einwurf mit der Hand fort. »Ja, wie auch immer. Jedenfalls weiß ich es nicht.« Dann gebe ich meine Zurückhaltung auf, lasse mich zurück in die Kissen sinken und seufze los. »Verdammt, Kira. Ich mag sie echt gern. Die Zeit mit ihr war toll. Aber woher soll ich wissen, dass sie ebenso empfindet? Und was, wenn es hier nicht funktioniert? Da oben, eingeschneit und fernab von unserer Realität, hatte es seinen besonderen Zauber. Aber was, wenn es wirklich nur das war? Ein Hüttenzauber, wie du so schön gesagt hast? Was, wenn wir hier nicht mehr miteinander klarkommen?«

Kira starrt mich so lange stumm an, dass ich nervös werde. Das Ziehen in meiner Brust wird stärker, während sie mich mustert, als müsste sie mich genauestens analysieren. Dann schleicht sich ein sanftes Lächeln in ihre Züge. »Was, wenn du es nicht herausfindest und damit dein Glück aufs Spiel setzt?«

Ich blinzle heftig. »Was?«

»Du hast mich schon verstanden. Gott, Kellan. Seit Jahren hast du niemanden so an dich herangelassen wie Marie. Was, wenn es ein Zeichen war, dass ausgerechnet ihr zwei zur selben Zeit zur Hütte gefahren seid? Was, wenn Marie wegen dir so verwirrt ist? Wahrscheinlich sitzt sie gerade ebenfalls auf einer Couch oder in ihrem Bett und ist ähnlich durcheinander, nur hat sie nicht mich an der Seite, um ihr den Kopf gerade zu rücken.«

Etwas in mir beginnt zu pulsieren. Als ich Maries Nachricht gelesen habe, war mein erster Gedanke, dass sie wegen Leif verwirrt ist. Dass sie bereuen könnte, sich auf mich eingelassen zu haben, und nun einen Weg sucht, um damit klarzukommen. Um einen Neuanfang zu wagen. Jetzt jedoch bewerte ich die Worte anders. Ist sie wegen uns verwirrt? Was, wenn es ihr ebenso viel bedeutet hat wie mir? Wenn ich die Spannung zwischen uns nicht alleine gespürt habe? Wenn ich doch mehr war als ein Zeitvertreib?

Unvermittelt springe ich auf die Füße.

»Wo willst du hin?« Kira mustert mich halb belustigt, halb aufgeregt.

Ich lege meinen Kopf schräg. »Da fragst du noch?«

Als auch sie sich aufrappelt, dabei jedoch leicht wankt, schüttle ich den Kopf, doch sie kommt mir zuvor, ehe ich etwas sagen kann. »Weißt du, wo sie wohnt? Nö. Also nimm mich gefälligst mit. Na los. Ich habe Lust auf ein kleines Weihnachtswunder.«

»Du kannst mir einfach ihre Adresse sagen …«

»Nope«, erwidert Kira grinsend, dann streckt sie mir die Zunge heraus. »Ich will mitkommen. Sie ist meine beste Freundin und du mein Bruder. Ich habe einen Platz in der ersten Reihe verdient!«

»Du glaubst doch wohl nicht etwa, dass ich dich zu dieser Art von Gespräch mitnehme!«

Kira blickt mich an, als wäre ich blöd. »Natürlich nicht. Aber ich will einfach mitkommen – verdammt, Kellan! Diskutier doch nicht so herum, sondern schwing einfach deinen Hintern. Sonst schläft sie, bis wir ankommen!«

Meine kleine, vorlaute Schwester. Sie hat recht. Natürlich. Seufzend verdrehe ich die Augen, nicke ihr dann aber zu. »Dann los. Aber beschwer dich nicht, wenn du im Auto bleiben musst. Ich meine es ernst, bei dieser Art von Aussprache hast du nichts zu suchen.«

Ihre Augenbrauen wackeln, dann wirkt sie auf einmal leicht angeekelt. »Keine Details, okay?«

Darauf erwidere ich nichts. Aber mein Herz rast unkontrolliert – und ich spüre Hoffnung.

Wie blöd, dass ich ihr Geschenk nicht mitgenommen habe.

13
Marie

Heiligabend. Süße, liebliche Weihnachtszeit.

So ein Bullshit.

Wenn man bedenkt, dass ich mich ab Spätsommer auf diese Tage gefreut habe, kommt mir meine aktuelle Laune wie ein schlechter Scherz vor. Schon vor drei Stunden bin ich bei meinen Eltern aufgebrochen, mit der Begründung, mir wäre schlecht. Ihre Besorgnis war deutlich sichtbar, aber sie haben mich ziehen lassen. Vermutlich, weil sie es auf meine Trennung schieben.

Wenn sie nur wüssten!

Seltsam, wie wenig mir auf einmal der Mann bedeuten kann, mit dem ich drei Jahre meines Lebens verbracht habe. Direkt nach der Trennung hätte ich in einem Meer aus Tränen ertrinken können, doch mittlerweile dreht sich kaum noch ein Gedanke um ihn. Die tiefe Verwirrung, die mich seit Tagen fest im Griff hat, hängt nicht zuletzt damit zusammen, dass ich verarbeiten muss, wie schnell ich mich entlieben konnte.

Und wieder verlieben.

Noch vor wenigen Monaten hätte ich jeden für verrückt erklärt, der mir erzählen will, dass genau so etwas passiert. Ich bin nicht diese Art von Mensch, wechsle meine Beziehungen nicht wie Unterwäsche. Wenn ich empfinde, dann aufrichtig. Ich bin treu. Zuverlässig. Und ich liebe von Herzen. All das hätte ich erwidert. Auch heute würde ich das nach wie vor über mich sagen … nur scheine ich gerade trotzdem irgendwie das genaue Gegenteil zu beweisen. Es ist, als würde ich mich selbst nicht mehr kennen, als würden plötzlich zwei Persönlichkeiten in mir leben.

Und das ist schon ein Ding.

Seit zwei Stunden liege ich jetzt auf meinem Bett, starre an die Wand und schaffe es nicht, einzuschlafen. Morgen findet wie jedes Jahr um elf ein großer Brunch bei meinen Eltern statt. Meine Tanten und meine Oma kommen dazu vorbei, außerdem die Nachbarn. Ich erinnere mich an diese Vormittage gerne; es war immer laut, turbulent und so schön. Leif war nie dabei, weil er am 1. zu seinen Großeltern fährt; eigentlich sollte ich mich also doppelt freuen. Keine unschönen Erinnerungen. Beim Gedanken daran, in zehn Stunden wieder unter Leuten zu sein, die mich normalerweise als fröhliches Mädchen kennen – und die mit Sicherheit einhundert Fragen zu meiner Trennung stellen werden – wird mir jedoch ganz anders.

Vielleicht sollte ich unter Berufung auf meine Übelkeit einfach absagen.

Auch *das* ist eine Neuheit für mich – eine, die mich zutiefst erschüttert. Die Marie, die das Outfit für die Weihnachtstage bereits vor Wochen geplant hat, überlegt zu schwänzen? Ich vergrabe stöhnend mein Gesicht im Kissen.

Als mein Handy erneut brummt, zucke ich zusammen, greife aber eilig danach. Noch immer hoffe ich jedes Mal, wenn eine Nachricht eingeht, dass sie von Kellan stammt. Doch ausgerechnet diese, ausgerechnet jetzt, ist von niemand anderem als Leif.

Frohe Weihnachten, Hase.

Ich stöhne erstickt auf. Ernsthaft? Hase? Mein Spitzname von früher? Das Ganze auch noch garniert mit einem Kuss-Smiley? Ich sperre den Bildschirm, ohne darauf zu antworten, weil mich diese Nachricht einfach nur wütend macht. Seit jenem Abend, als er mich verlassen hat, haben wir kein Wort miteinander gewechselt. Ich weiß dank Facebook, dass er eine Neue hat.

Und dann so etwas? Denkt er, ich bin völlig naiv?

Irritiert reibe ich mir durchs Gesicht, ziehe in Erwägung, mir einen Schnaps zu genehmigen – und falle beinahe aus dem Bett, als es plötzlich an meiner Wohnungstür klingelt.

Mist!

Mit rasendem Herz starre ich in etwa dorthin, wo sie sich befindet. Zwei Wände liegen dazwischen sowie eine Tür, und doch versuche ich mich an einem Röntgenblick. Natürlich vergeblich. Adrenalin rast so heftig durch meine Adern, dass mir schwindelig wird. Zittrig greife ich nach meinem Handy, entsperre es und starre erneut auf Leifs Nachricht. Steht er dort? War seine Nachricht die Ankündigung eines Überraschungsbesuchs? Kommt er jetzt angekrochen, um mir zu sagen, wie leid ihm das alles tut?

Will er sich etwa *versöhnen*?

Ich atme so ruckartig, dass ich schnaufe. Nervös knete ich meine Hände und überlege fieberhaft, was ich tun soll. Nach Mitternacht ist man nicht verpflichtet, die Tür zu öffnen, oder? Ich meine, ich könnte schlafen. Sehr tief schlafen. Dann höre ich die Klingel nicht, und niemand kann mir einen Vorwurf machen.

Aber was, wenn es etwas Schlimmes ist? Wenn es brennt, oder wenn die Polizei mich zu irgendetwas befragen will … Wenn das Haus einzustürzen droht oder ein Serienmörder eingedrungen ist – Gott, was ist, wenn besagter Mörder vor meiner Tür steht? Würde er einfach so klingeln?

Mit wackeligen Knien springe ich auf und eile zu meinem Fenster, das nur von einem schweren Vorhang bedeckt ist, doch als ich diesen beiseiteschiebe, entdecke ich nichts. Kein rötliches Flackern, kein Blaulicht, gar nichts.

Tintenschwarze Nacht, nur unterbrochen von zahlreicher Fensterdeko, die nicht überall ausgeschaltet wurde.

Es klingelt erneut.

Mein Puls verdreifacht sich. Die harmloseste Erklärung, dass es sich um einen blöden Klingelstreich handeln könnte, ist nun praktisch ausgeschlossen. Ich erschaudere, obwohl ich einen bequemen und vor allem warmen Flanellpyjama mit Rentieraufdruck trage. Nervös werfe ich einen Blick auf mein Handy, doch das Display ist schwarz, niemand hat mir geschrieben oder ruft an, um seinen Spontanbesuch anzukündigen.

Das heißt dann wohl, dass etwas passiert sein muss. Oder?

Oder der Serienmörder, flüstert mir eine zischelnde, ängstliche Stimme zu, die ich schnell zum Verstummen bringe.

Auf dem Weg in den Flur halte ich Ausschau nach einer geeigneten Waffe, mit der ich mich zur Wehr setzen kann, sollte das hier eine Falle sein, aber ich muss feststellen, dass ich nichts wirklich Effektives besitze. Weder mit Handtaschen noch Loops werde ich einen Angreifer beeindrucken können, und die massive Stehlampe im Flur ist definitiv zu schwer, um sie mit zu wuchten. Aus Ermangelung einer besseren Lösung schnappe ich mir zumindest meinen Schlüsselbund und arrangiere ihn so in meiner Faust, dass die einzelnen Schlüsselspitzen zwischen den Fingern hervorlugen. Irgendwo habe ich davon mal gehört oder gelesen. Nicht dass ich glaube, einen Angreifer überwältigen zu können, aber so fühle ich mich immerhin etwas besser vorbereitet.

Fröstelnd verschränke ich die Arme vor der Brust, als ich die Tür erreiche und mich zu dem kleinen Spion beuge, der mir immer unfassbar unnötig vorkam – bis jetzt. In diesem Moment bin ich sehr dankbar für das winzige Bullauge.

Blinzelnd presse ich mein rechtes Auge dagegen – und erstarre schlagartig.

Polizei. Jepp. Aber nicht so, wie ich es erwartet habe. Ich atme zischend ein, gleichzeitig verwandeln sich meine Knie in Pudding. Und meine Arme. Eigentlich alles von mir. Der Schlüsselbund fällt klirrend zu Boden.

»Kellan?«, flüstere ich leise, rau, und exakt in diesem Moment beugt er sich vor, so als hätte er mich gehört. Seine durch den Spion verzerrten Züge wirken gleichermaßen angespannt, aber irgendwie auch aufgeregt.

Mein Herz stolpert.

Plötzlich klopft er gegen die Tür, sanft nur, aber ich spüre es tief in meiner Magengrube. Eigentlich überall in meinem Körper. »Marie? Ich weiß, dass du wach bist.«

»Woher das?«, rufe ich, ehe ich es verhindern kann, dann schlage ich mir mit der Hand vor den Mund. Verdammt. Soeben habe ich mich endgültig verraten.

Das realisiert auch Kellan. Seine Augen blitzen auf, und als ich dieses breite Grinsen entdecke, mit dem er mich in unserer kleinen Traumblase so gern bedacht hat, will ich beinahe losheulen vor Erleichterung und Verwirrung zugleich. »Komm schon, Kleines. Lass mich rein, ehe deine Nachbarn denken, ich wäre ein Einbrecher.«

Kleines?

Das Rauschen in meinen Ohren wird lauter, heftiger, aber ich folge seiner Bitte und sperre die Tür auf. Ein Teil von mir scheint es noch nicht richtig realisiert zu haben, dass er hier ist, der andere …

Flippt aus. Aber so richtig.

Kellan schiebt sich durch den Türspalt, kaum dass er breit genug ist, und erst, als ich realisiere, dass er eine dunkle Stoffhose und ein Hemd trägt, wird mir bewusst, dass ich ihm im *Pyjama* gegenüberstehe.

Ich stöhne gequält auf.

»Hey.« Seine Stimme ist rau, seine Augenbrauen treffen sich in der Mitte. Er wirkt zerknirscht. Zumindest, bis sein Blick über mich schweift, dann muss er lächeln. Auf diese höchst attraktive Art und Weise, die mir so den Verstand geraubt hat. »Schickes Outfit. Irgendwie passt es zu dir.«

»Was machst du hier?«, bringe ich piepsend hervor, bedacht, seine Anspielung einfach zu ignorieren, auch wenn sie meinen inneren Tumult nur verstärkt.

Nun lacht er mich offen an – und ich kapiere gar nichts mehr.

»Frohe Weihnachten, Marie«, murmelt er verschwindend leise, während er den Abstand zwischen uns verkleinert. Ich beginne zu hyperventilieren, rieche ihn ebenso, wie ich ihn spüre; all das ist wie ein übertrieben heftiger Angriff auf meine Synapsen. Das Gefühlschaos der letzten Tage, seine abrupte Abreise, die ungeklärte Situation, das Schweigen – all das ist zu viel, mitten in der Nacht, am noch taufrischen ersten Weihnachtsmorgen.

Mir entkommt ein leises Schluchzen.

Augenblicklich wirkt Kellan bestürzt, und ehe ich es realisieren kann, zieht er mich an seine Brust. Ich stöhne gequält auf, weil es sich so gut anfühlt, so richtig. Sein würziger Duft umhüllt mich, weckt hundertfache Erinnerungen und Sehnsüchte. Sein Hemd ist kühl, blockiert aber nicht die umwerfende Hitze, die sein Körper ausstrahlt. Ich schlinge meine Arme um seinen Körper, fühle die seidige Beschaffenheit seines Hemds an meinen Handgelenken und die feste Struktur seiner Brust an meiner Wange. Was ich nicht sehen kann, füllt meine Fantasie aus. Ich kenne jeden Zentimeter dieses Körpers; weiß, wie er sich wo anfühlt. Nur habe ich nicht gedacht, ihm jemals wieder so nahezukommen. Kellan streicht über meinen Rücken, und das zerfetzt auch mein letztes bisschen Zurückhaltung. Dicke Tränen kullern über meine Wangen, versickern in seinem Oberteil. Unwillkürlich klammere ich mich an ihm fest, komme mir so lächerlich schwach und emotionsgeladen vor und kann doch nichts dagegen tun.

»Hey«, murmelt Kellan, ehe er seine Lippen auf meinen Scheitel presst.

Ich erschaudere zutiefst.

»Das habe ich mir so nicht ganz vorgestellt.«

Abrupt weiche ich zurück, suche seinen Blick. Der Flur ist nur schwach beleuchtet, doch ich kann ausreichend erkennen, um zu bemerken, dass auch er aufgewühlt wirkt, selbst wenn er sich gerade an einem Grinsen versucht. »Ach ja, wie denn sonst?«

Er atmet tief durch. »Ich weiß nicht. Vielleicht, dass du mich anschreist oder mir Vorwürfe machst …«

Ich schnaube auf, was er mit einem Zwinkern quittiert.

»Oder so.« Langsam überbrückt er wieder die Distanz zwischen uns und legt seine Hand an meine Wange. Unendlich sanft krümmen sich seine Finger, damit ich perfekt hineinpasse, und ich schließe unwillkürlich die Augen, wenn auch nur für wenige Sekundenbruchteile, denn das, was nun geschieht, will ich um keinen Preis verpassen.

Seine intensiven Augen strahlen mich förmlich an. »Es tut mir leid, dass ich einfach so abgereist bin. Mehr als alles andere bereue ich das.«

»Mehr als alles andere?«, krächze ich hilflos. »Was bereust du sonst?«

Falls möglich, wird sein Blick noch eindringlicher. Nun umfasst er mein Gesicht mit beiden Händen, dirigiert meinen Kopf so, dass ich ihm nicht mehr ausweichen kann. »Dass wir die Dinge nicht geklärt haben.«

Mein Herz bleibt stehen – und genau in diesem Moment küsst er mich.

Emotionen explodieren in mir wie ein Feuerwerk. Der Kuss beginnt sanft, doch irgendwie verlieren wir beide die

Kontrolle. Plötzlich knalle ich gegen die Wand, weil Kellan mich so heftig dagegen presst, und sein Körper hüllt mich ein wie ein Kokon. Ich öffne mich seiner Zunge, und er erobert meinen Mund mit einem so tiefen Stöhnen, dass ich erschaudere. Augenblicklich ist alles wieder da. Das Prickeln, die Leidenschaft. Mein Herzklopfen. Ich versuche, in dieser Flut aus Gefühlen nicht unterzugehen, komme aber kaum dagegen an. Wie eine Ertrinkende klammere ich mich an ihm fest, spüre seine feste Wärme, dass es kein Traum ist, keine Einbildung meines traurigen Geistes.

Als erneut Tränen über meine Wangen rollen, wischt er sie mit seinen Daumen fort. Seine Lippen werden vorsichtiger, sanfter, hauchen viele kleine Küsse auf meine, bis er schließlich seine Stirn auf meine presst und zittrig ausatmet. Mir fehlt der Atem, die Fähigkeit, logisch zu denken.

Einfach alles.

»Marie«, murmelt er schließlich, und in diesem einen Wort liegt so viel Sehnsucht, dass ich erzittere.

»Kellan«, wispere ich, unfähig, anders zu reagieren.

Er lächelt mich sanft an. Obwohl keine Tränen mehr über mein Gesicht fließen, streicht er unaufhörlich über meine Wangen. Jede einzelne Berührung ist wie eine Wohltat, versiegelt mehr und mehr von den Rissen, die sich in meinem Herzen gebildet haben. »Ich hätte nicht abfahren dürfen, ohne dir zu sagen, was ich empfinde.«

»Was ... du empfindest?«, bringe ich krächzend hervor. Ich befinde mich im freien Fall. Jetzt entscheidet sich, ob ich weich fallen werde oder hart auf den Boden der Realität aufpralle. Beide Optionen machen mir Angst.

Er nickt, doch ehe er weiterredet, tut er etwas, das er sich offenbar in den Bergen angewöhnt hat: Er hebt mich hoch und trägt mich kurzerhand durch die Wohnung. »Wohin?«, brummt er.

»Hier links.«

Er betritt das Wohnzimmer; zu mehr bin ich noch nicht bereit. Sanft sinkt er mit mir auf die Couch, so dass ich auf seinem Schoß sitze, und wieder umfasst er mein Gesicht. Einzig das schwache Licht der Laternen von draußen beleuchtet sein Gesicht. Er atmet nicht einmal angestrengt. »Ich weiß, dass es total verrückt klingt, aber diese Tage mit dir haben alles verändert.«

Seine Worte. Sie sind Balsam auf meiner geschundenen Seele. Ich erschaudere zutiefst. »Bei mir auch.«

Er hält inne, und in seinen Augen lodert ein Feuer auf, das die Kälte in mir endgültig vertreibt.

»Das heißt?«

»Es heißt, dass du mir den Kopf verdreht hast, Kellan. Seit du abgereist bist, kann ich nur an unsere gemeinsame Zeit denken …«

Etwas Eindringliches blitzt in seinen Augen auf. »Das heißt, deine Verwirrung hat nichts mit Leif zu tun?«

»Was?« Ich starre ihn erstaunt an – bis mir klar wird, worauf er anspielt. Kira! Gleichermaßen ärgerlich und belustigt schüttle ich den Kopf. »Nein, dabei ging es ganz sicher nicht um Leif.«

Er stöhnt erleichtert auf. »Gott sei Dank. Ich will dafür sorgen, dass du nie wieder auch nur einen Gedanken an diesen Kerl verschwendest.« Mit diesen Worten zieht er mich hinab, und einmal mehr verschmelzen unsere Lippen. Hinter meinen Augen brennt es, doch gleichzeitig flippt mein Herz völlig aus. Es fühlt sich an, als würde pures Glück durch meine Adern rauschen.

Mühsam löse ich mich von ihm, obwohl jede Zelle meines Körpers anderes verlangt. Aber wir haben lange genug geschwiegen. Ich brauche Klarheit. »Das bedeutet …?«

Kellan lächelt mich so warm an, dass ich seine Antwort bereits kenne, ehe er sie in Worte kleidet. »Es bedeutet, dass ich nicht will, dass unser Abenteuer endet. Ich will nicht, dass es eine einmalige Sache war, Marie. Ich will mehr. Alles. Ich will herausfinden, ob wir auch hier funktionieren können.«

Ich starre ihn gebannt an, sprachlos. Das hier habe ich mir so sehr gewünscht, und jetzt habe ich es. Dieses schreckliche Weihnachten, das mich so sehr gequält hat – und nun bekomme ich das beste Geschenk überhaupt? »Kann das sein?«, frage ich, mehr an mich selbst gerichtet, doch Kellan nickt.

»Und ob. Du hast es doch auch gespürt, oder nicht? Das mit uns – es hat sich vom ersten Moment an richtig angefühlt.«

»Fast«, korrigiere ich ihn, erfüllt von einer solch albernen Freude, dass ich leise kichere. »Immerhin wäre ich wegen dir beinahe den Berg hinabgestürzt.«

Für einen kurzen Moment wirkt er gequält, dann jedoch kehrt die Wärme zurück. Er haucht einen Kuss auf meinen Mundwinkel. »Das werde ich immer bereuen. Aber nicht, dass wir uns dadurch nähergekommen sind.«

Ich zwinkere ihm zu. »Die Story können wir unseren Enkelkindern erzählen …«

Was als Scherz gemeint war, endet in einem so leidenschaftlichen Kuss, dass sich alles in mir zusammenzieht und neu ausrichtet. Auf Kellan. Er ist wie ein Sturm in mein Leben gewirbelt, und er hat alles geändert. Seufzend atme ich gegen diese Intensität an, ehe sie mich völlig mit sich reißt. »Kira …«

»Weiß Bescheid. Um ehrlich zu sein hat sie mich sogar hierherbegleitet. In dem vollen Bewusstsein, dass sie sich womöglich ein Taxi nehmen oder zu Fuß nach Hause gehen muss, wenn sie nicht die ganze Nacht in meinem Wagen verbringen will.«

»Das heißt also, du wirst bleiben, ja?«

Kellan knurrt auf. »Ich habe Tage verschwendet. Denkst du wirklich, jetzt könnte ich direkt wieder verschwinden?«

Plötzlich kippt ein Schalter. Es ist, als würde all die Unsicherheit verschwinden, die noch verblieben ist, und sie macht Platz für eine so gleißende Wärme, dass mein Atem stockt. »Ich wollte es dir noch sagen, ehe du fährst.«

»Und ich habe mich nicht getraut, aus Angst, dass ich unsere letzten verbleibenden Stunden damit zerstören würde.«

Ich starre ihn erstaunt an. »Du hast dich nicht getraut? *Du*?«

Sein Lächeln gerät schief. »Du hattest es selbst gesagt. Du bist frisch getrennt, Kiras beste Freundin. Du hattest Zweifel …«

Ich vergrabe stöhnend mein Gesicht an seiner Brust. »Wir sind so blöd. Wir hätten uns diese unangenehme Funkstille sparen können.«

»Du willst es also auch?« Seine Stimme klingt erstickt, also richte ich mich eilig auf – und sehe den Sturm, der in seinen Augen tobt.

»Ich habe die ganzen letzten Tage damit verbracht, mir einzureden, dass ich mich nicht so schnell in einen anderen Mann verlieben kann. Und jetzt sieh mich an. Ich kann es.«

»Gott, Marie.« Er umfasst meinen Hinterkopf und küsst mich so leidenschaftlich, dass sich mein gesamter Körper vor Begehren und Sehnsucht zusammenzieht. Sobald er innehält, löse ich mich weit genug von seinen Lippen, um weiterzureden. »Das heißt also, unser persönliches Weihnachtswunder geht weiter?«

Kellan grinst verschmitzt. Sein gesamtes Gesicht leuchtet vor Glück. »Kleines, es hat gerade erst angefangen.«

Epilog
Marie

»Das ist deine Überraschung?« Ich wende mich Kellan zu – und spüre, wie sich mein Innerstes in flüssiges Gold verwandelt. Oder Glück. Endorphine. Ganz gleich, es fühlt sich warm und gut an.

Kellan grinst. »Jepp.«

»Du weißt schon, dass es Frauen gibt, die damit nicht zufrieden wären. Die sich jetzt beschweren, weil sie mehr von der Welt sehen wollen, oder weil sie …« Weiter komme ich nicht – Kellan verschließt meinen Mund mit einem seiner besonders heißen, atemberaubenden Küsse.

Und darin ist er wirklich Weltmeister.

Leider ist er auch Weltmeister im Kitzeln, und gerade, als ich mich ganz der Leidenschaft hingebe, fängt er an, erbarmungslos die Stelle unter meinen Rippen zu attackieren, wo ich ganz besonders empfindlich bin. Ich kreische heftig auf, versuche, mich zu wehren, aber Kellan ist viel zu gut darin, mich abzuwehren. Blöde Polizistenmethoden und so weiter.

Mein Atem stockt, als er mich endlich in Ruhe lässt. Außerdem laufen mir Tränen aus den Augenwinkeln und verschmieren mein Make-up. Aber ich gebe auf, tue nicht mehr so, als wollte ich meckern. Stattdessen löse ich meinen Gurt und hüpfe so eilig aus dem Wagen, dass ich erst einmal im Schnee wegrutsche und unsanft auf meinen Po knalle.

Na klar.

Ich lache über mich selbst, während ich mich aufrappele, ehe Kellan bestürzt zu mir laufen und den edlen Retter spielen kann, wie so oft. Zum Glück dämmert es bereits. Nachdem ich etwa drei Stunden lang eine Augenbinde getragen habe, fällt es mir noch etwas schwer, mich wieder an Licht zu gewöhnen. Insbesondere, weil es zwar dämmert, aber plötzlich mit einem leisen Klicken Lichter an der Hütte angehen. Aberhunderte von ihnen. Ich erstarre vor Ehrfurcht.

»Das wird schön«, murmelt Kellan warm, während er an meine Seite tritt, seinen Arm um meine Taille schlingt und einen Kuss auf meine Schläfe presst.

»Wie hast du das gemacht?« Gebannt betrachte ich das funkelnde Lichtermeer. Wasserfallartig ergießen sich warmweiße Lämpchen vom Dach, teilweise bis über die Fenster. Rund um die Eingangstür ist eine immergrüne Girlande geschlungen, an der sich ebenfalls Lichter und sattrote Kugeln befinden, und der kurze Zuweg ist mit Lichtern gesäumt, die wie Eiszapfen aussehen. Ich wende mich Kellan zu, dessen Gesicht in dem warmen Licht weich wirkt.

»Oh, ich war letztes Wochenende hier ...«

Ich ramme ihm meinen Ellenbogen in die Seite. »Als du angeblich deinem Kumpel geholfen hast?«

»Na ja«, erwidert er grinsend. Meine Attacke hat ihn nicht einmal zucken lassen. »Genau genommen hat er mir geholfen, aber wer will denn spitzfindig werden?« Ich schüttle erstaunt den Kopf, lausche aber gebannt seiner folgenden Erklärung. »Der Rest funktioniert über Zeitschaltuhr und Timing. Gott sei Dank bist du nicht so eine Trantüte wie meine Schwester, sodass wir pünktlich loskonnten.«

»Überpünktlich«, ergänze ich grinsend. »Warte, hast du deshalb so getrödelt, als du angeblich tanken warst?«

»Ich war nicht nur angeblich tanken, aber ja. Und schön, dass du die ganze Zeit die Augenbinde angelassen hast.«

Ich lächle versonnen. »Natürlich. Wieso sollte ich mir selbst meine Überraschung verderben?«

»Also gefällt es dir?«

Zur Antwort hauche ich Kellan einen Kuss auf den Kiefer. »Ich liebe es. Schon jetzt.«

Was nun kommt, verwundert wohl niemanden: Unvermittelt hebt er mich hoch und trägt mich einfach so in die Hütte. So etwas macht er ständig. Als er den Lichtschalter betätigt, sehe ich, dass es auch im Inneren weihnachtlich dekoriert ist. Lichterketten, geschmackvoll schlichte Deko, aber auch ein paar kitschige Rentier- und Weihnachtsmannfiguren säumen das gesamte Erdgeschoss. Am Kamin hängen zwei gestrickte Socken, aus denen etwas hinaus lugt, und das Holz ist bereits geschichtet. Lächelnd lässt Kellan mich zu Boden gleiten, wo ich meine Schuhe von den Füßen kicke und dann zur Küche eile, direkt zum Kühlschrank. Ich reiße ihn auf – und Bingo. Selbst der ist gefüllt.

Ich wende mich ihm zu. Überraschung und Dankbarkeit wachsen ins Unermessliche. »Du bist unglaublich.«

Lächelnd tritt er hinter mich, zieht mich an sich und küsst mich tief. Erst dann erwidert er frech »Ich weiß«.

Ich inspiziere die Schränke, bis ich erkenne, dass er genau nach meinem Geschmack eingekauft hat. Es gibt Süßkram, Kakao, Toast, sogar meine geliebten Doppelkekse und Gewürzspekulatius. Im Tiefkühler sehe ich einige Packungen Gemüse und Fleisch, und auch an Nudeln hat er gedacht.

»Das einzige, was ich nicht beeinflussen konnte, war das Wetter. Idealerweise hätten wir uns jetzt einschneien lassen, aber der große Niederschlag kam letzte Woche. Jetzt soll es ein paar Tage kalt und klar werden.«

Ich lächle ihn glücklich an. »Oh, kein Problem. Wir können einfach so tun, als würden wir hier festsitzen.« Plötzlich halte ich inne. »Warte, wie lange bleiben wir?«

Ein wachsamer Ausdruck tritt in seine Miene. »Eine Weile?«

Ich atme scharf ein. »Aber in drei Tagen ist bereits Weihnachten, und …«

Sanft umfasst er mein Gesicht. »Es ist alles geklärt. Deine Eltern haben ein Zimmer unten im Tal gebucht, meine ebenso. Kira reist übermorgen an und bezieht das andere Zimmer, wenn es okay für dich ist …«

Weiter kommt er nicht, weil ich ihn anspringe und so hitzig küsse, dass er gegen die Arbeitsfläche stolpert. Tränen brennen hinter meinen Augen. Niemand hat je etwas so Schönes für mich getan.

Niemand!

All die Jahre hatten wir unsere Traditionen, und nie haben wir sie geändert. Doch dann kam Kellan und hat alles verändert, und jetzt hat er hinter meinem Rücken organisiert, dass wir Weihnachten hier oben verbringen?

Plötzlich erstarre ich. »Warte, meine Geschenke …«

Kellan grinst. »Sind im Auto. Glaub mir, Kleines, deine Verstecke sind längst nicht so ausgeklügelt wie gedacht.«

Meine Augenbrauen wandern in die Höhe, doch ehe ich deshalb empört sein kann, lache ich los. Aus vollstem Herzen.

»Du bist unglaublich.«

»Deshalb liebst du mich ja.« Er küsst sanft meine Nasenspitze. »Und jetzt komm. Schaffen wir unser Zeug rein. Die nächsten zwei Tage will ich mich nicht vom Kamin fortbewegen. Oder aus dem Bett.«

»Eine Schneeballschlacht sollte drin sein«, werfe ich grinsend ein.

Schon schleicht sich ein lüsternes Grinsen auf seine Lippen. »Von mir aus.« Jede Wette, dass er sich vorstellt, wie er mich anschließend aus meinen nassen Sachen schält.

Unzählige Fragen schwirren durch meinen Kopf – wie

hat er all das organisiert, ohne dass ich es bemerke? Wie machen wir das an den Feiertagen? Wie lange bleiben wir wirklich? Aber plötzlich spielen sie alle nur noch eine untergeordnete Rolle. Alles, woran ich denken kann, ist dieser wunderschöne Mann mit den schwarzen Locken und den eisblauen Augen, der letztes Jahr kurz vor Weihnachten urplötzlich in mein Leben gestolpert ist. Das ganze Jahr über haben wir es nicht hergeschafft, obwohl ich so schöne Erinnerungen mit der Hütte verbinde. Jetzt wird mir klar wieso. Kellan hat alles für diesen einen Moment vorbereitet.

Und es ist ihm gelungen.

Mein Herz schwillt an, meine Gefühle für ihn quellen über. Nie habe ich mich so lebendig und leidenschaftlich gefühlt wie mit ihm. Mein ganz persönlicher Engel; mal düster wirkend, aber immer voller Leidenschaft und Liebe. Das Jahr war unglaublich, insbesondere, als wir im Herbst zusammengezogen sind. Kira hat keine Vorbehalte, was unsere Beziehung angeht; im Gegenteil. Falls möglich, ist unsere Freundschaft nur noch enger geworden. Jetzt sind wir hier, wo alles begonnen hat, und feiern meine liebste Zeit des Jahres. Erst alleine, dann im Kreise unserer Familien.

Könnte es perfekter sein?

Ich glaube nicht.

Lächelnd helfe ich Kellan, unsere Sachen hereinzutragen, und dann sehe ich zu, wie er das Feuer im Kamin entfacht. Der Widerschein der flackernden Flammen gleitet über sein Gesicht, und ehe ich es verhindern kann, sinke ich neben ihm auf den Teppich, ziehe ihn zu Boden und küsse ihn, so wie wir es vor einem Jahr bereits getan haben.

Als ich schon denke, dass es nicht besser kommen könnte, ertönt leise Weihnachtsmusik im Hintergrund. Tränen schießen mir in die Augen, voller Dankbarkeit und Zuneigung und Glück.

Letztes Jahr kam mir unsere gemeinsame Zeit vor wie ein begrenztes Abenteuer. Dieses Jahr genieße ich jede Sekunde als das, was sie ist: Teil meiner Gegenwart und Zukunft. Teil meines »Für immer«.

Dieses Jahr hat mich gelehrt, was es wirklich bedeutet, die Nummer eins für jemanden zu sein. Niemals wieder werde ich mich mit weniger abfinden – aber das muss ich auch nicht. Meine Liebe für diesen Mann ist unendlich.

Lächelnd schließe ich die Augen.

Ende

DANKSAGUNG

So wie in den letzten Jahren nehme ich Weihnachten zum Anlass, um mich noch einmal ganz besonders bei meinen Lesern zu bedanken, die es mir ermöglichen, meinen Traum zu leben. Auch in diesem Jahr ist dies natürlich mein großes Anliegen.

Ursprünglich war diese Novelle euch gewidmet. Doch während ich sie geschrieben habe, ist etwas sehr Dramatisches passiert: Ein sehr, sehr wichtiger Mensch meines Lebens hat den letzten Weg einschlagen müssen. Ich schreibe an dieser Danksagung, während ich neben ihm sitze und ihn begleite, und es fällt mir unsagbar schwer, mich darauf zu konzentrieren, was Gutes in diesem Jahr geschehen ist, weil ich einen so schweren Verlust akzeptieren muss. Aber ich versuche es dennoch.

Normalerweise steht an erster Stelle mein Mann. Heute steht hier mein Opa.

Opi, ich danke dir für all die schöne, gemeinsame Zeit, die wir hatten. Für unsere ganz besondere Opa-Enkelin-Zeit, für jeden einzelnen Lacher, für jeden schönen, ernsten, traurigen und bedeutenden Moment. Denn davon haben wir eine ganze Menge geteilt. Ich danke dir, dass du ein so wichtiger Teil meines Lebens warst, bist und immer sein wirst. Für deinen Glauben in mich. Für alles. Ich habe dich für immer lieb und weiß, dass wir uns eines Tages wiedersehen. Bis dahin bist du im Himmel und wachst über mir. Ingrid sagte mir, ich war dein Ein und Alles. Ich sage dir: Das warst du auch für mich. Und wirst es für immer bleiben.

Ich gebe zu, an dieser Stelle ist es schwierig, noch irgendjemand anderen anzuführen. Ausnahmsweise möchte ich es daher einmal so gestalten:

Jeder Einzelne von euch weiß, was er für mich tut und was er mir bedeutet. Sei es mein Mann, der immer an meiner Seite ist, meine Familie, die mich liebt, meine Freunde, die mir beistehen – oder meine Leser, die meine Geschichten verschlingen, mich damit unterstützen und mir so wichtig sind. Ich danke jedem Einzelnen von Herzen. Und ich bitte euch: Genießt das Leben und jeden Moment mit euren Liebsten. Jetzt ganz besonders, aber vor allem immer. Jede gemeinsame Minute ist kostbar, und das dürfen wir niemals vergessen. Nie.

Ich wünsche euch ein wunderschönes Weihnachtsfest und einen guten Rutsch ins neue Jahr.

Alles Liebe,

eure Emma S. Rose

Paderborn im November 2020

ÜBER DEN AUTOR

Geboren und aufgewachsen ist Emma S. Rose im schönen Ostwestfalen. Im Mai 2014 verwirklichte sie ihren langgehegten Traum und veröffentlichte ihren Debütroman "Lina - Hoffnung auf Leben". Seitdem schreibt sie fleißig an neuen Werken.

Sie hat einen Master in Sozialer Arbeit gemacht und auch in dem Bereich gearbeitet, mittlerweile aber ist sie hauptberuflich Autorin.

Sie lebt mit ihrem Mann in Paderborn.

www.emma-s-rose.de
emma.rose@gmx.net